茅盾文学奖获奖者散文丛书

我的四季

张洁 著

江苏凤凰文艺出版社
JIANGSU PHOENIX LITERATURE AND ART PUBLISHING

图书在版编目（CIP）数据

我的四季 / 张洁著. —南京：江苏凤凰文艺出版社，2019.1（2023.6重印）
（茅盾文学奖获奖者散文丛书）
ISBN 978-7-5399-9485-7

Ⅰ.①我… Ⅱ.①张… Ⅲ.①散文集—中国—当代 Ⅳ.①I267

中国版本图书馆 CIP 数据核字（2016）第 171328 号

我的四季

张洁　著

出 版 人	张在健
责任编辑	蔡晓妮
装帧设计	马海云
责任校对	于　莹　朱轶群
责任印制	刘　巍
出版发行	江苏凤凰文艺出版社
	南京市中央路 165 号，邮编：210009
网　　址	http://www.jswenyi.com
印　　刷	江苏凤凰新华印务集团有限公司
开　　本	880 毫米×1230 毫米　1/32
印　　张	6.875
字　　数	145 千字
版　　次	2019 年 1 月第 1 版
印　　次	2023 年 6 月第 2 次印刷
书　　号	ISBN 978-7-5399-9485-7
定　　价	58.00 元

江苏凤凰文艺版图书凡印刷、装订错误，可向出版社调换，联系电话 025-83280257

目 录

第一辑 挖荠菜

003_挖荠菜

007_哪里去了,放风筝的姑娘?

011_捡麦穗

016_盯梢

025_假如它能够说话……

029_一扇又一扇关闭的门

038_母亲的厨房

045_又挂新年历

049_Give away

056_幸亏还有它

075_被小狗咬记

088_哭我的"老儿子"

第二辑　我那风姿绰约的夜晚

107__"我最喜欢的是这张餐桌"

114__想起五月那个下午……

117__你再也无法破碎的享受

123__有幸被音乐所爱

126__最为著名的单相思

131__与男人"说清楚"的某些记录

136__也许该为"芝麻"正名

141__像从前那样，说："不！"

146__"我们这个时代肝肠寸断的表情"

151__我那风姿绰约的夜晚

第三辑　乘风好去

161__帮助我写出第一篇小说的人

171__你是我灵魂上的朋友

179__乘风好去

183__你不可改变她

188__黄昏时的记忆

第四辑　我的四季

193__我的四季

196__我的船

201__这时候,你才算长大

204__我为什么失去了你

208__没有一种颜色可以涂上时间的画板

第一辑 挖荠菜

挖荠菜

小时候,我怎么那么馋呢?

只要我一出门,比我小的那些孩子,总是在我身后拍着手儿、跳着脚儿地喊:"馋丫头!馋丫头!"

我呢,整个后背就像袒露在光天化日之下,羞得头也不敢回,紧贴着墙边,赶紧跑开。

慢慢地,人们都忘记了我还有个名字叫"大雁"。

我满肚子羞恼,满肚子委屈。

七八岁的姑娘家,谁愿意落下这么个名声?

可是我饿啊,我真不记得那种饥饿的感觉,什么时候离开过我。就是现在,一回想起那时的情景,记忆里最鲜明的感觉,也是一片饥饿……

因为饿,我什么不吃啊。

养蜂人刚割下来的蜂蜜,我会连蜂房一起放进嘴巴里;

刚抽出嫩条、还没长出花蕊的蔷薇花梗,剥去梗上的外皮,一根"翡翠簪子"就亮在眼前,一口吞下,清香微甘,好像那蔷薇就在嘴里抽芽、开花;

还有刚灌满浆的麦穗,火上一烧,搓掉外皮,吃起来才香呢……

不管是青玉米棒子、青枣、青豌豆、青核桃、青柿子……凡是没收进主人仓房里的东西,我都能想办法吃进嘴里。

我还没有被人抓住过,倒不是我运气好,而是人们多半并不十分认真地惩罚一个饥饿的孩子。

当然,也并非人人如此。

好比那次在邻村的地里掰玉米棒子,被看青的人发现了。他不像别人,只是做做吓唬人的样子,把我们赶走就算完事,而是拿着一根又粗又长的木头棒子,不肯善罢甘休地、紧紧地追赶着我。

我没命地跑哇,跑哇。我想我一定跑得飞快,因为风在我的耳朵两旁,吹得呼呼直响。我那两只招风耳朵,一定被迅跑带起的旋风刮得紧贴脑壳,就像那些奔命的兔子,把两只长长的耳朵,紧紧地夹住脑壳。

也不知是我吓昏了头,还是平时很熟悉的田间小路在捉弄我,为什么偏偏横在面前一条小河?追赶我的人,越来越近了……

人要是害怕到了极点,就会干出不顾一切的事。我还没来得及多想,便纵身跳进那条小河。

河水并不很深,但足以淹过我那矮小的身子。河水不容喘息地压迫着我的呼吸,呛得我一口接一口地将它们吞咽。我吓得快要背过气去,一声不吭地挣扎着、扑腾着,而岸上那追赶人的笑声,却出奇清晰地在我耳边震荡。

我的身子失去了平衡,渐渐向斜里倒下,河水轻缓地拉扯着我,依旧无知无觉,不停地流着、流着……

我不知道我是怎样爬上对岸的,更使我丧气的是,脚上的鞋子,不知什么时候丢了一只。我实在没有勇气回头去找那只丢失的鞋子,可我也不敢回家。

我怕妈妈知道,不,我并不是怕她打我,我是怕看她那双被贫困折磨得失去了光彩的、哀愁的眼睛,因为我丢失了鞋子而更加黯淡。

我独自一人,游荡在田野上,孤苦伶仃。任凭野风胡乱扒拉着我的额发,翻弄着我的衣襟。

太阳落山了,琥珀色的晚霞,也渐渐从天边退去。

远处,庙寺里的钟声在薄暮中响起来了,那钟声缭绕耳际,久久久久不能淡去;羊儿咩咩地叫着,放羊的孩子赶着羊群回家去了;家家的茅屋顶上,升起了缕缕炊烟,飘飘袅袅,薄了,淡了,看不见了。就连一阵阵的乌鸦,也都呱呱地叫着回巢去了。

田野里升起一层薄雾,夜色越来越浓了。村落啦、树林子啦、坑洼啦、沟渠啦……好像一下子全掉进了深不可测的沉寂里。我听见妈妈在村口焦急地呼唤我的名字,可是我不敢答应。

我是那样的悲哀和凄凉,平生头一次感到,有一种比饥饿更可怕的东西,潜入了我那童稚的心。

可以想见,经过一个没有什么吃食可以寻觅,因而显得更加饥饿的冬天,当大地春回,万木复苏的日子重新来临时,会带给我多大的喜悦!

田野里将会长满各种野菜:雪蒿、马齿苋、灰灰菜、野葱、荠菜……我最喜欢荠菜,把它下在玉米面的糊糊里,再放上点盐花花,别提有多好吃了。

更主要的是挖荠菜时的心情,那少有的坦然、理直气壮,简直可以称得上是享受。再也不必担心有谁会提溜着大棒子凶神恶煞地追赶,甚至可以不时抬起头来,看看天上叽叽喳喳飞过的小鸟,树上绽开的花朵,蓝天上白色的云朵……

我提着篮子,急急地向田野里跑去,荠菜,像一片片绿色的雪花,撒在田埂上、垄沟里、麦苗下。

荠菜,我亲爱的荠菜啊!

哪里去了,放风筝的姑娘?

逢到春天,我就格外怀念家乡,这大概是因为它和我童年时代的许多回忆,交织在一起的缘故。

童年可不是童话,也许还和童话恰恰相反,但它还是让人怀恋。

在那乡野的游戏里,最使我神往的莫过于春天放风筝。

那时,太阳照在黄土岗子上,照在刚刚返青的树枝上,照在长着麦苗的田野上,也照在孩子们黑黝黝的脸蛋上……淡蓝的、几乎透明的天空中,悠悠地飘着孩子们的风筝。那些风筝,牵系着他们的欢乐、苦恼和幻想。偶尔,断了线的风筝,会使那小小的、本是欢乐的心,立时变得怅惘,仿佛自己的魂儿,也随着那断了线的风筝飘走了。

想到风筝,自然会想到兰英姐姐。

小时候,我是一个十分笨拙的孩子(现在又何尝不是一个笨拙的老太太),对我来说,不论什么事,都比别的孩子困难得多,自然也就常常成为其他孩子的笑柄。比如我扎的风筝,要么飞不起来,要么刚飞起来就像中了枪弹的鸟儿,一个倒栽葱跌落下来,便立刻引起其他孩子的哄笑。那些笑声,往往伴着我的眼泪。

兰英姐姐不但责备那些讪笑我的孩子,还为我扎我喜爱的、任何一种样式的风筝。我坐在她身旁的小凳子上,一边看她扎风筝,一边听她轻轻地唱着。她轻曼的歌声,像母亲轻柔的手,抚爱着我受了委屈的心。

她扎的风筝,比哪个孩子的风筝都好看,也比哪个孩子的风筝起得更高,更平稳……且不说放风筝的游戏有着多么大的乐趣,只看兰英姐姐挺着秀美的身条,在旷野里随着不大的风势,不时抖动着风筝上的绳索,一根长长的辫子,在柔韧的后腰上甩来甩去,就够让我心旷神怡的了。

后来,兰英姐姐出嫁了。

……

等到迎亲的那一天,做父亲的、做母亲的,大伯子、二姨子、亲戚朋友,那个高兴劲儿就别提了。就像到了年根儿,人们脱手了一头牲口,到手了一笔好价钱那么知足。

人们吃着、喝着,一直吃到、喝到连他们自己也忘了他们聚到这里吃喝的原因。他们谁也不会去想一想,兰英姐姐嫁的那个男人好不好,会不会疼她,她满意不满意自己的出嫁……

那个男人长了一脸的胡子,一双眼睛长得那么野。他也像参加婚礼的那些人一样,放肆地吃着、喝着、笑着。他的笑声又大又刺耳,逢到他笑的时候,就像放出一阵震耳欲聋的排炮,总是吓得我心惊肉跳。

兰英姐姐就要走了。她骑在那匹小毛驴儿上,毛驴儿的脖子上挂着的小铜铃擦得真亮,铜铃上还挂着红缨子,鞍子上还铺着红毡子。兰英姐姐的发辫梳成了髻子,插着满头的红绒花儿,耳朵上摇曳着长长的银耳环,穿着红袄、绿裤子。脸蛋儿是那么丰腴,嘴唇是那么鲜红,一个多么漂亮、多么新鲜的新媳妇啊。

我却伤心地想到,她再也不是我的兰英姐姐了,她已经变成那个男人的新媳妇了。我好嫉妒、好伤心哪!我巴不得那个男人一个失脚,跌到地狱里才好。

迎亲的唢呐吹起来了,好火热的唢呐啊。兰英姐姐却哀哀地哭了。我明明知道,村子里的姑娘出嫁时都要哭的,但兰英姐姐的啼哭,却让我分外气闷。

她哭的什么,是惋惜一去不复返的少女时代?是舍不得爹娘兄弟?是害怕以后就要陪着一个陌生的男人,过着的漫长岁月……那日子真长啊,长得让人看不到头。

这以后,我很少看到兰英姐姐了。偶尔她回娘家住上几天,也总是躲在屋子里不肯出来。人们渐渐忘记了,曾经有那么一个愉快而美丽的姑娘,在这里出生、长大、出嫁……更忘记了在那姑娘的婚礼上,吃过、喝过用她出嫁得到的麦子换来的美酒佳肴、换来的欢乐……

过了几年,我听说那男人得了一场暴病,死了。我暗暗为兰英姐姐松了一口气。

以后,兰英姐姐也就常常回娘家了。

可是,那曾经丰满的脸蛋,像是用刀一边削去了一块,又总是蜡黄蜡黄的。闪亮闪亮的眼睛，变得又黑、又暗、又深，让人想到村后那孔塌陷的、挂满蛛网、久已无人居住的废窑。她老是紧紧地抿着变得薄薄的嘴唇……那嘴唇曾那样鲜红。

她锄地、她割麦、她碾场、她推磨……逢到冬天农闲有太阳的时候，她就靠着场边的麦秸垛纳鞋底，一双又一双，没完没了。那鞋有西家铁蛋的，鞋面上做个老虎头；有东家黑妞的，鞋面上绣朵红牡丹……

可是，她再也不给我扎风筝了。我呢，也长大了，在镇上的中学念了书，我的生活有了更多的内容，放风筝的游戏也不再像从前那样吸引我了。而且不知道为什么，我有点害怕见她，她的眼神让我看了之后，总是觉得心口堵得慌，喘不上气。

而在那个年龄，我本能地逃避着阴暗。为了这个，我又觉得对不起她，倒好像我把她一个人，扔在那阴暗里了。

生活像一条湍急的河流，把我带到这里，又带到那里。

光阴似箭，日月如梭。三十多年的岁月，已在转眼间过去，我常常想起她，想起那个曾经快乐而美丽的姑娘。

捡麦穗

在农村长大的姑娘,谁不熟悉捡麦穗这回事呢?

或许可以这样说,捡麦穗的时节,是最能引动姑娘们幻想的时节。

在那月残星稀的清晨,挎着一个空篮子,顺着田埂上的小路,走去捡麦穗的时候,她想的是什么呢?

等到田野上腾起一层薄雾,月亮,像是偷偷睡过一觉,重又悄悄回到天边。方才挎着装满麦穗的篮子,走回自家破窑的时候,她想的又是什么?

唉,她还能想什么。

假如你没在那种日子里生活过,你永远不能想象,从这一颗颗丢在地里的麦穗上,会生出什么样的幻想。

她拼命地捡哪,捡哪,一个麦收时节,能捡上一斗?她把这捡来的麦子换成钱,又一分一分地攒起来,等到赶集的时候,扯上花布、买上花线,然后她剪呀、缝呀、绣呀……也不见她穿,也不见她戴,谁也没和谁合计过,她们全会把这些东西,偷偷地装进新嫁娘的包裹里。

不过,真到了该把那些东西从包裹里掏出来的时候,她们会不会感到,曾经的幻想变了味?她们要嫁的那个男人,是她们在捡麦穗、扯花布、绣花鞋时幻想的那个男人吗……多少年来,她们捡呀、缝呀、绣呀,是不是有点傻?但她们还是依依顺顺地嫁了出去,只不过在穿戴那些衣物的时候,再也找不到做它、缝它时的心情了。

这算得了什么,谁也不会为她们叹一口气,谁也不会关心她们曾经的幻想。顶多不过像是丢失一个美丽的梦,有谁见过哪个人,会死乞白赖地寻找一个失去的梦?

当我刚能歪歪咧咧提着一个篮子跑路的时候,就跟在大姐姐身后捡麦穗了。

对我来说,那篮子太大,老是磕碰我的腿和地面,闹得我老是跌跤。我也很少捡满一篮子,因为我看不见田里的麦穗,却总是看见蚂蚱和蝴蝶,而当我追赶它们的时候,篮子里的麦穗,便重新掉进地里。

有一天,二姨看着我那盛着稀稀拉拉几个麦穗的篮子说:"看看,我家大雁也会捡麦穗了。"然后她又戏谑地问我,"大雁,告诉二姨,你捡麦穗做啥?"

我大言不惭地说:"我要备嫁妆哩!"

二姨贼眉贼眼地笑了,还向我们周围的姑娘、婆姨们,挤了挤她那双不大的眼睛:"你要嫁谁呀?"

是呀,我要嫁谁呢?我想起那个卖灶糖的老汉。我说:"我要嫁给那个卖灶糖的老汉。"

她们全都放声大笑,像一群鸭子嘎嘎地叫着。笑啥嘛!我生气了,难道做我的男人,他有什么不体面的吗?

卖灶糖的老汉有多大年纪了?我不知道。他额上的皱纹,一道挨着一道,顺着眉毛弯向两个太阳穴,又顺着腮帮弯向嘴角。那些皱纹,给他的脸增添了许多慈祥的笑意。

当他挑着担子赶路的时候,他那长长的白发,在他剃成半个葫芦样的后脑勺上,随着颤悠悠的扁担一同忽闪着……

我的话,很快就传进了他的耳朵。

那天,他挑着担子来到我们村,见到我就乐了。说:"娃呀,你要给我做媳妇吗?"

"对呀!"

他张着大嘴笑了,露出一嘴的黄牙。后脑勺上的白发,也随他的笑声一起抖动着。

"你为啥要给我做媳妇呢?"

"我要天天吃灶糖哩。"

他把旱烟锅子朝鞋底上磕了磕。"娃呀,你太小哩。"

"你等我长大嘛。"

他摸着我的头顶说:"不等你长大,我可该进土啦。"

听了他的话,我着急了。他要是死了,那可咋办?我那淡淡的眉毛,在满是金黄色绒毛的脑门儿上,拧成了疙瘩。我的脸,也皱巴得像是个核桃。

他赶紧拿块灶糖,塞进了我的手里。看着那块灶糖,我又咧开嘴笑了:"你莫死啊,等着我长大。"

他又乐了。答应着我:"莫愁,我等你长大。"

"你家住啊哒?"

"这担子就是我的家,走到啊哒,就歇在啊哒。"

我犯愁了:"等我长大,去啊哒寻你呀?"

"你莫愁,等你长大,我来接你。"

这以后,每逢经过我们村,他总是带些小礼物给我。一块灶糖、一个甜瓜、一把红枣……还乐呵呵地说:"来看看我的小媳妇呀。"

我呢,也学着大姑娘的样子——我偷见过——让我娘给我找块碎布,给我剪了个烟荷包,还让我娘在布上描了花。我缝呀,绣呀……烟荷包缝好了,我娘笑得个前仰后合,说那不是烟荷包,皱皱巴巴,倒像个猪肚子。我让我娘给我收了起来,我说了,等我出嫁的时候,我要送给我的男人。

我渐渐长大了,到了认真捡麦穗的年龄。懂得了我说过的那些个话,都是让人害臊的话。卖灶糖的老汉也不再开那玩笑,叫我是他的小媳妇了。不过他还是常常带些小礼物给我,我知道,他真的疼我呢。

我不明白为什么,我倒是越来越依恋他,每逢他经过我们村子,我都会送他好远。我站在土坎坎上,看着他的背影,渐渐消失在山坳坳里。

年复一年,我看得出来,他的背更弯了,步履也更加蹒跚。这时,我真有点担心了,担心他早晚有一天会死去。

有一年,过腊八的前一天,我估摸卖灶糖的老汉,那一天该会经过我们村。我站在村口一棵已经落尽叶子的柿子树下,朝沟底那条大路上望着,等着。

那棵柿子树的顶梢梢上,还挂着一个小火柿子,让冬日的太阳一照,更是红得透亮。那个柿子,多半是因为长在太高的树梢上,才没有让人摘下来。真怪,可它也没有被风刮下来、雨打下来、雪压下来。

路上来了一个挑担的人,走近一看,担子上挑的也是灶糖,人可不是那个卖灶糖的老汉。我向他打听卖灶糖的老汉,他告诉我,卖灶糖的老汉老去了。

我仍旧站在那棵柿子树下,望着树梢上那个孤零零的小火柿子。它那红得透亮的色泽,依然给人一种喜盈盈的感觉,可是我却哭了,哭得很伤心。哭那陌生的、却疼爱我的、卖灶糖的老汉。

等我长大以后,我总感到除了母亲以外,再没有谁像他那样朴素地疼爱过我——没有任何希求,没有任何企望的疼爱。

真的,我常常想念他,也常常想要找到我那个皱皱巴巴、像猪肚子一样的烟荷包。可是,它早已不知被我丢到哪里去了。

盯梢

人人都这么说,二姐姐是村里顶漂亮的美人。是不是这么回事,我可说不清楚。

比方我很爱看戏。吸引我的并不是那些公子落难、小姐赠金,山盟海誓、悲欢离合的戏文。我那时还小,根本不明白那些公子小姐,为什么,又有什么必要,费那些闲劲儿,瞎扯淡。我更多的兴趣是欣赏戏里的佳人,她们一个个拂着长袖,摇着莲步,双目流盼,长眉入鬓,实在美极了。可是回到家里,一看二姐姐,就觉得她们全不是那么回事。

没事儿的时候,我老爱看着二姐姐傻笑,她就会用手指头弹一下我的脑门儿。我呢,就像中了头彩,高兴得不知道怎么好,如果凑巧跟前有棵槐树,我准会像猴子那么麻利地爬上去,摘好些串槐花扔给她。

要是我的眼睛里进了沙粒,她就会用她长长的手指,轻轻翻开我的眼皮,嘴巴噘得圆圆的,往我眼睛里细细地吹气。那时,我就巴望着我眼睛里的那粒沙子,总也吹不出去才好。

我整天在她身后转悠,总是黏黏糊糊地缠着她。她上哪儿,我就上哪儿,她干啥,我就干啥。娘就会吼我:"那点事还用得着两个人,还不喂你的猪去!"

我火急火燎地喂下猪,赶紧又跑回二姐姐身边。娘又该叫了:"你慌得个啥,赶死去吗?看把猪食撒了一地!"这时,二姐姐又会用手指头,弹一下我的脑门儿。

我爱听她笑。她笑起来的样子真爱死人了:歪着脑袋,垂着眼睛,还用手背挡着嘴角。那浅浅的笑声,让人想起小溪里的流水,山谷里回响的鸟鸣……逢到这时,我便像受了她的传染,咧开我的大嘴,莫名其妙地哈哈大笑,吓得鸡飞狗跳。一听见我那放纵的大笑,娘和二姨就会吼我:"快闭上你那大嘴!哪个女子像你那样笑,真像个大叫驴。"

二姨是最忙活的人,不管哪家婚丧嫁娶,几乎都离不开二姨。好比村里要是有谁死了,顶多人们叨念上十天半个月,也就渐渐地忘了。可要是二姨串亲戚,走开一两天,就会有人问:"咋不见你二姨了嘛?"

要是哪家聘姑娘、相女婿,不是二姨经的手,她就像丢了多大的面子,三天见人没好气。

不用说,二姐姐的婚事当然得由二姨操办。提了几家的小伙,二姐姐就是不应。别看二姨是个能人,对着二姐姐也没法施展。那会儿刚刚解放,正是宣传婚姻自主、自由对象的当口,二姨也不敢太过张狂。可是干了一辈子说媒拉纤的营生,要是不让她过问这件事,可不就跟宰了她一样地难耐。尤其二姐姐还是她的外甥女儿,这就让她脸上更加没有颜色。

初一那天,二姐姐说带我去赶集。临走前,二姨偷偷把我扯到一边,趴在我耳朵上说:"大雁,赶集的时候留个心眼,看看你二姐姐都和谁个搭话来。"

唾沫星子从她那厚厚的嘴唇里,不断喷射出来,弄得我一耳朵潮乎乎、热烘烘的,我什么也没听清楚,就大声问她:"你说的啥?!"

她赶忙捂住我的嘴,把她的要求重又说了一遍,还叮咛我不要露出马脚。她那鬼鬼祟祟的样子,为她布置的任务增加了神秘感。那时候,凡是神秘的事情,都让我觉得好玩儿,所以我答应了她,记住了她说的一切要点。

出了我们这个沟底,翻上了临村的崖畔。我看见了人家竖在打麦场边上的秋千架。

二姐姐说:"歇歇脚吧。"

秋千架下热闹非凡,小女子们闪在一旁,想偷看蹬秋千的小伙儿,又扭扭捏捏不敢看。小伙儿们推推搡搡,摩拳擦掌,有意在那些标致的小女子面前,显露一手,一个个比着看谁蹬得高,恨不得把脚下踩着的那块木板,蹬飞了才好。

我一看就红了眼:"咋咱村就没人想着给安个秋千?"

二姐姐说:"还不够你疯的!"

我没顾上回她的嘴,秋千架那里的热闹,吸引了我全部的注意力,我张着大嘴,看得眼睛发直。

二姐姐用手捂上我的大嘴:"快闭上你那嘴,看人家的羊肚子手巾飞进去哩!"她是不乐意人家看见自己妹子,那副呆头呆脑的样子。

朝我们走来一个小伙儿,我见过他、知道他,他是乡里的识字模范,人家都叫他三哥哥。他问我:"大雁,你想打秋千吗?"

我双脚一跳老高地说:"打。"

二姐姐狠狠瞪了我一眼,说:"没羞,你见谁家女子打秋千?"

我看出,她并没有真正反对我,因为她那双使劲儿瞪着我的眼睛里,全是关不住的笑意。

我把脖子一拧,说:"我打,我就是要打么!"

"人家要是笑话你,我可不管。"

"谁要你管呢!"我怕她揪住我不放,赶紧跟着三哥哥就要走,却又忽然想起,"咦,你咋知道我的名字叫大雁?"我问三哥哥。

二姐姐撇着嘴笑了:"你是有名的馋丫头,谁个不知道么!"

唉,二姐姐说得有道理。

三哥哥刚把我领到秋千架跟前,小伙儿们立刻围上了我。都说:"你莫怕,坐在脚蹬子上,让我们先带带你。"

怕?!

我才不怕呢!

我往脚蹬子上一坐:"来吧。"

先是三哥哥蹬着秋千带我,哎呀,我可真有点怕呢。秋千荡过来、摆过去,我的心忽悠悠悠的。我闭住眼睛,缩着脖子,不敢朝下看。两只手死死攥着秋千索,还担心它会不会断了,或是因为我抓得不牢,"吧嗒"一下掉下去,摔成肉饼子。

没有,一切都好好的。我的胆子渐渐大了起来,我的身体好像变成秋千的一部分,哪怕只用手轻轻地挨着秋千索,也绝不会忽闪下去。我从脚蹬子上站了起来,学着三哥哥的样子,腿往前一蹬,荡了过去,往后一撅,又摆了过来。哎呀,我简直变成了神仙,在天空中飘来飘去。我看见平原上,被山崖和大树遮挡着的那条河啦,也看见平原上,那条细得像带子一样的铁路啦,还有火车站上,那些像小盒子一样的房子啦……再往秋千下一看,二姐姐啦、小女子们啦、小伙儿们啦,他们的笑脸,全都连成了一片,分不清谁是谁了。我快乐得晕乎了,在晕晕乎乎之中,好像听见二姐姐叫我下来,不过我已经顾不上那许多了……

接着,又是张家哥哥、李家哥哥,一个接一个地陪我打下去。我张着大嘴,一边笑着,一边叫着(没错,准像个大叫驴)。汗水顺着脸蛋、顺着脖子淌下去,额发被汗水打湿了,一绺一绺地贴在脑门子上,后脑勺上的小辫,像赶牛蝇的牛尾巴一样甩来甩去。真的,真像二姐姐说的,再也找不到一个像我这样没羞的女子了。

直到笑得、叫得、玩儿得一点力气也没了,我才从秋千架上下来。脚底下轻飘飘的,人好像还在秋千架上,走起路来软绵绵的,活像村里那些醉汉、二流子。

二姐姐使劲弹着我的脑门儿,拽着我的胳膊,像是生了气:"看看你这个样子,哪里也不去了,回家!"

回就回,反正我也耍够了,谁还稀罕走去赶集。我回过头去,恋恋不舍地看着秋千架,还想寻着带我打秋千的三哥哥,对他说句知情的话,可却见不着他的影子啦。

二姐姐一句话也不说,只顾在前头低头走路。她真生我的气啦?我偷偷用眼睛瞄了瞄她,她眯着眼睛不知在想啥,嘴角上还挂着笑哩。

哼,美得她!

忽然我想起二姨交给的差事,立刻收住了脚,着急地说:"哎呀呀,净顾着耍了,还有大事没办呢,咱们还是到集上转一转吧?"

二姐姐幽幽地问我:"你有啥事?"那神情仿佛刚从梦中醒来。

"二姨让我到集上看看,你都和谁搭话来着。"一着急,我忘了二姨让我不要露出马脚的叮咛。

二姐姐脸儿绯红地笑了,像三月里绽开的一朵桃花:"你就说,我和谁也没有搭话。"

对吗,我们连集上都没去,她能和谁搭话。

我很高兴,觉得这一天耍得好痛快,二姨交给的差事也没花我多大力气。于是,我尖着嗓子,唱起了小山调。

回到家里,二姨自然盘根问底,我也没说出个子丑寅卯,她有点失望。这事儿,就算过去了。

过了两天,二姨又揪住我。"你说她没和谁搭过话?"

"对呀!"

"不像,她那神气不对嘛!"

哼,她还是个相面先生呢。"咋不对嘛!"我替自己,也替二姐姐抱屈了。

"你懂个屁!"她从头到尾,重又把我审了一番,连细枝末节也没放过。

然后她恍然大悟地追问一句:"你打秋千去了?"

"啊,打了。"

"你耍了多久?"

"好大一晌呢。"

二姨把她那双胖手一拍,说:"这就对咧!"

"咋对咧?"

"你这傻女子,啥也办不成,白费了我好些唾沫星子。"

这话不假,我立刻想起她交待任务那天,喷射在我耳朵上的唾沫星子,的确不少。于是那潮乎乎、热烘烘的感觉,再次袭击了我的耳朵。便不由得用手掌擦了又擦我那干干净净的耳朵。

收罢秋,二姐姐出嫁了。新郎就是邻村的三哥哥,我真爱二姐姐,也喜欢三哥哥,如果不是他,而是别人娶走了二姐姐,我一定会张开嘴大哭一场的。现在,我心里只有高兴的份儿,就像把一件心爱的礼物,送给了一个心爱的人。

二姨当然也没有丢面子,新娘子是她送到婆家去的。当然,还有我。起先娘死活不肯让我去,说我不算个啥。我豁出去了,当着来贺喜的叔伯乡亲,大闹了一场,吓得他们谁也不敢再拦我,生怕我会胡来,败了大家的兴。

一到婆家,我便认出了好些陪我打秋千的哥哥。他们特别欢迎我,一个个向我伸出大拇指,说我立了大功,把核桃、枣子塞了我满兜兜。

大家让二姐姐唱个歌,二姐姐噘着嘴,把身子一扭,就是不唱。她好像生气了,我真舍不得让她生气,也不忍心让那些陪我打秋千的哥哥们失望,自告奋勇地替二姐姐唱了个歌。我唱得很认真,很卖劲儿。唱的不是小调,而是正儿八经的新式秧歌:

$\underline{5.6}\ \underline{5.6}\ \underline{1.6}\ \dot{1}\ |\ \underline{51}\ \underline{65}\ \underline{32}\ 3\ |\ \cdots\cdots$

……我有点扫兴,因为谁也没有认真听。

然后他们又请二姐姐吃枣子和花生,二姐姐死活不肯吃。这怎么行,人家是诚心诚意的呀,总得吃点嘛。

我拿了个花生,塞进二姐姐的嘴里,她一扭头,立刻吐了出来,还偷偷掐我一下。好疼!别看我平时很冒失,这回我可没敢吭气儿,我怕人家知道了会不高兴。于是我从他们手里抓过枣子、花生,替二姐姐吃了,大家不知为什么全都哄笑起来。

二姨朝我的后脑勺使劲拍了一巴掌。"你这捣蛋鬼!"说着,就把我往炕下拉。

我恨死她了,当着众人这样对待我,让我多丢面子啊。眼泪来到我的眼睛里,我要哭了。但我知道这是二姐姐大喜的日子,我是不能哭的。我使劲儿地撇着嘴,极力抑制着就要冲出喉咙的呜咽。

三哥哥搂住我说:"谁也不能欺负大雁,大雁是我们最尊贵的客哩!"

二姐姐羞答答地笑着瞟了瞟我,我得意了。意识到自己在三哥哥和二姐姐家,有一种特殊的地位,但我并不知道这是为了什么,我又是凭什么得到这个权利的。

那一夜,我在洞房里大显身手。在新人铺着新席、摞着新被褥的炕上,又是扭秧歌,又是翻跟头……最后,我都不知道客人是怎么散的,我又是怎么睡着的。只记得我先是靠在三哥哥宽厚的胸膛上,后来好像他抱起我,把我送到什么地方去了。

那一夜,我睡得可真香。

假如它能够说话……

九点。应该开始每晚一小时的散步了。

老房子里,已经找不到可以分散注意力的事物,而我的思绪又总是执着在某一点上,这让我感到窒息、头痛欲裂,还因为我经常散步的那条路上,有许多往事可以追忆。

二十四年前,当我还是一个女学生的时候,就时常和女友在这条路上行走。我们曾逃离晚自习,去展览馆剧场听贝多芬《第九交响乐》;观看波兰玛佐夫舍歌舞团的演出……还彼此鼓劲,强自镇定:"别怕,要是有人在剧场看到我们,他也不敢去告发,想必他也是逃学,不然怎么能在这个时候、这个地方和我们相遇?"

毕业晚会我们都没有参加,二十年前的那个晚上,好像就在眼前。天气已经有些凉了,我在灰色裙子的外面,加了一件黑色短袖毛衣。似有似无的乐声从远处飘来,那时的路灯,还不像现在这样明亮,我们在那昏暗的路上走了很久,为即将到来的别离黯然神伤,发誓永志不忘,将来还要设法调动到同一个城市工作,永远生活在一起。好像我们永远不会长大,不会出嫁,也不会有各自的家。

从那一别,十五年过去,当我们重新聚首,我已经找不到昔日那个秀丽窈窕的影子,她像是嫁给了彼埃尔的、罗斯托夫家的娜塔莎,眼睛里只有奶瓶、尿布、丈夫和孩子。像个小母鸭一样,挺着丰满的胸脯,身后跟着三个胖得走起路来,不得不一摇一摆的小鸭子……

她已经不再想到我,也不再想到我们在这条路上做过的誓约。

我还不死心地提议,让我们再到这条路上走一走。不知她忘记了我的提议,还是忙着招呼孩子没有听见,而我也似乎明白了,已经消失的东西,不可追回。我们终于没有回到这条路上来,虽然这条路,距我居住的地方,不过一箭之遥。

哦,难道我们注定,终会从自己所爱的人的生活中消失吗?

没想到后来我的女儿上学,竟也走这条路。通向南北的两条柏油小路,还像我读书的时候一样,弯弯曲曲。两条路中间,夹着稀疏的小树林、草地和漫坡。漫坡上长着丁香、榆叶梅和蔷薇。春天,榆叶梅浓重的粉色,把这条路点染得多么热闹。到了傍晚,紫丁香忧郁的香味会更加浓郁……只是这几年,马路才修得这样平直和宽阔,却没有了漫坡、草地、小树林子、丁香、蔷薇和榆叶梅。

女儿开始走这条路的时候,只有十岁。平时在学校住宿,只有星期六才回家。每个星期天傍晚,我送她返回学校。她只管一个人在前面蹦蹦跳跳地跑着,或追赶一只蜻蜓,或采摘路旁的野花……什么也不懂得。

但有时,也会说出令我流泪的话。八岁那年,她突然对我说:"妈妈,咱家什么也靠不上,只有靠我自己奋斗了。"

一个八岁的孩子!

是的,无可依靠。

那几年,就连日子也过得含辛茹苦,我从来舍不得花五分钱给自己买根冰棍,一条蓝布裤子,连着春、夏、秋、冬,夏天往瘦里缝一缝,冬天再拼接上两条蓝布,用来罩棉裤。几十岁的人了,却像那些贪长的孩子,裤腿上总是接着两块颜色不同的裤脚……

现在,女儿已经成为十七岁的大姑娘,过了年该说十八了。每个周末我依旧送她,但已不复是保护她,倒好像是我在寻求她的庇护。

她那还没有被伤害人心的痛苦和消磨意志的幸福刻上皱纹的、宁静如圣母一样的面孔,像夏日正午的浓荫,覆盖着我。

我已经可以对她叙说这路上有过的往事。她对我说:"会过去的,一切都会过去,不论是快乐或是痛苦。"

我多么愿意相信她。

我也曾和我至今仍在爱着、但已弃我而去的恋人,在这条路上往复。多少年来,我像收藏宝石和珍珠那样,珍藏着他对我说过的那些可爱的假话。而且,我知道,我还会继续珍藏下去,无论如何,那些假话也曾给我欢乐。

我一面走,一面仰望天空。这是一个晴朗的、没有月亮的夜晚,只有满天的寒星。据说我们每个人都有一颗星在天上,但天空在摇,星星也在摇,我无从分辨,哪一颗属于他,哪一颗又属于我。但想必它们相距得十分遥远,是永远不可能相遇的。

　　李白的诗句,涌上我的心头:"弃我去者,昨日之日不可留,乱我心者,今日之日多烦忧……人生在世不称意,明日散发弄扁舟。"

　　这路,如同一个沉默而宽厚的老朋友,它深知我的梦想;理解我大大的,也是渺小的悲哀;谅解我的愚蠢和傻气;宽恕我大大小小的过失……哦,如果它能够说话!

　　今晚,我又在这路上走着,老棉鞋底刷刷地蹭着路面,听这脚步声,便知道这双脚累了,抬不动腿了。

　　汽车从我身旁驶过。很远、很远,还看得见红色的尾灯在闪烁,让我记起这是除夕之夜,是团聚的夜,难怪路上行人寥落。

　　两只脚,仍然不停地向前迈着。每迈前一步,便离过去更远,离未来更近。

　　我久已没有祝愿,但在这除夕之夜,我终应有所祝愿。祝一个简单而又不至破灭的愿:人常叹息花朵不能久留,而在记忆中它永不凋落。对于既往的一切,我愿只记着好的,忘记不好的。当我离开人世时,我曾爱过的一切,将一如未曾离开我时,一样的新鲜。

一扇又一扇关闭的门

一九九二年,八月三十一日。

出门前,我往四下支棱着的头发上,喷了一些"摩丝",先用手把头发往直里拔起,再向斜里按出类似理发店弄出的大波浪。

这一会儿,我觉得自己很像年轻时的母亲,当然也像后来的母亲。出门之前,总要在镜子前头,把自己收拾得整整齐齐。

我要去看望袁伯父。

也许从袁伯父那里,能得到我要找的、那个人的线索。一九四四年底至一九四五年六月间,母亲曾在那人的麾下,有过一份勉强糊口的工作。

虽然袁伯父没有见过母亲,但他知道我是张珊枝的女儿,所以我得穿戴整齐。不但整齐,还要体面,因为我是张珊枝的女儿。

我父亲的朋友,大多知道他和他妻子张珊枝的故事,就是不详尽,也能知其大概。反正,我父亲的朋友就是那个圈子里的那些人。

一九四九年后不久,我父亲就从一九四九年前那个落魄的境地,沦落至另一种落魄的境地。

人一旦处在落魄的境地,是没有多少朋友的,不论在新社会还是在旧社会,社会就是社会。

他们在读我父亲和我母亲的故事时,有什么感想,我管不着,但作为张珊枝的女儿,我不能让她再为我感到丢脸。虽然一生不曾干过一件让人白眼的事的母亲,活着时为我那"辱没门风"的事,受尽了世人的白眼。

我连累了母亲。

虽然我一直是母亲的累赘,从生下那一天起。母亲要是没有我,她的命运就可能是另一个样子。

但累赘还算不了什么,主要是连累。这是我对母亲那数不清的愧疚里的一大心病。

好在我父亲的那些朋友,大多在我还不会制造自己故事的时候,就和我父亲一样,从我和母亲的生活里消失了。

他们现在看到的,只是一个孤助无援的女人终于把孩子拉扯成人的现状,而不是那个打掉了牙,也只能往肚子里咽的过程。

现在站在他们面前的,已经不是当年沦落为他们马弁的那个人所遗弃的我,而是一个和那个马弁完全不同的我。

就是把他们全摞在一起,也只能望我的项背而已。

我敢肯定,这让无论过去、而今——还谈什么而今——都不曾为自己争过一句什么的母亲,扬眉吐气了。

……………

不过袁伯父和那一堆人，大不相同。

认识袁伯父的人都会说："这人真好。"

我和他有四十多年没见，也没通信了，似乎也没有见面、通信的必要。解放初期，我趁当时乡下孩子千里寻父，或乡下女人千里寻夫的大潮，也到北京千里寻父时，就在袁伯父家暂住。

那时候，袁伯父还很有钱。我在他那里知道了，人在世上应该这样过日子：诸如每天洗个澡；厕所里有抽水马桶；窗子上应该挂上窗帘，而窗帘的色调应该和室内的陈设相谐调；饭后也可以吃点水果；即便夫妻间也不能随便拆看对方的信件；应该会说"谢谢""对不起""请"；不应该随地吐痰、乱扔垃圾；以及不应该勉强，也就是尊重了他人等等，并且很容易地接受了这种后来被说成是资产阶级的生活方式。

……

一九九一年我得到了他的新地址，在团结湖中路的一栋统建楼里，据说是个两室一厅的单元，当时就想，比起四十多年前的那个四合院，一定是"鸟枪换炮"了。

……

我往团结湖中路写了一封信。

但是没有得到他的消息，以为他不一定想见我，加上那时我并没有什么明确的目的，心血来潮的成分比较大，就没再联系他。不像现在，是为了了解母亲当年如何为糊口而挣扎。

几个月前，我听说他一接到我的信，就给我打了电话，可是我不在家。后来他再没有来过电话,八十七岁的老人,再到街上去打公用电话,是很困难的。

想来家里也没有了电话。

……………

这样,八月三十一日,我就到团结湖中路去看望他。

按着地址找到他的居所。

门上是把锁。

我敲开对面单元的门:"请问,有位袁先生是住在这里吗?"

女邻居很不利索地说:"袁先生去世了。"

我看出,即便袁伯父真的不在了,她也不愿意说出这句话。

我呆呆地站在她的门前,立刻想到过世不久的母亲。那一瞬间,我才切实地感到,人到一定时候,真是过了今天,不知道还有没有明天。吃了早饭,还不知道能不能吃晚饭了。

母亲那一辈人,渐渐地走着、渐渐地没有了,这个道理,就在母亲去世的时候,我都不能明白:母亲怎么就丢下我去了?

晚了!

我再一次感到母亲去世时,那种纵有天大本事也无可挽回的"晚了"。

"晚了"是什么?

是悔恨;

是遗憾;

是惩罚;

是断绝你寻求弥补过错的后路的一刀；

是最后的判决；

是偈语；

是悟觉；

……………

我想再问些什么，可又尴尬地问不出什么。

我还能问什么呢？

"是三月份去世的，心肌梗死，没受多少罪。不到两天就过去了，终年八十八岁。"她接着告诉我。

袁伯父，没受什么罪可能是人生最后的期盼了——我在心里对他说。

"你要是早来几个月就好了。"

我垂下我那荒草一般衰败的头。

这一年，我把很多东西都荒废了，尤其是我的头。

"袁老头可好了。"女邻居继续对我追思着他，她可能把我当作袁伯父家的熟人了。

然而什么是"好"？

"好"有什么用？

"好"的意思也可能是无能、是软弱、是轻信、是容易被欺骗……

我谢过了她，转身离去。

想我去年和袁伯父联系未果，今年又给他写了一封信，却也总不见回音，这才打定主意找上门来，转眼却是阴阳阻隔，看来我们是无缘再见的了。

团结湖有三〇二路公共汽车,直通西坝河,西坝河东里有我和母亲住过四年的房子。

我挤上三〇二路公共汽车。

我走上前不久还走过的台阶,进二单元大门之前,回头向二层楼外的大阳台望去。

去年的这一天下午,母亲还在这阳台上锻炼行走呢。忘记那个下午,我为什么事情出门,从楼梯上下来,一走出单元大门,就看见母亲在这大阳台上走步,就在那一刻,我心疼地觉出,母亲是真的老了。

到了后来,母亲除了早上由小阿姨陪着,到河边快步行走一个小时,作为锻炼之外,下午还要加一次走步,在这个阳台上。不要小阿姨陪着,也不用手杖,她说,她要练练自己,什么依赖也没有时的胆量。

这时,她已是八十有加的人了。

我的眼前,又出现了母亲离家前的最后一天,在这阳台上最后一次走步的情景。

那老迈的,摇摇晃晃,奋力想要站直、站稳的身影……她的每一步迈进,其实都是不甘的挣扎,她要在自己还迈得动的脚步里,找到自己还行的证明;她要自己相信,这锻炼对延长她的生命有益……

而她这般苦苦挣扎,没有别的,实在是因为舍不下我们。

除此,她对这个操蛋的人生,还能有什么别的想头!

第二天,九月一日上午,母亲给对门邻居打了个电话,不知是否因为她身体弱得连走那几步路都感到吃力?她对邻居说,明天就要住院去了,这一去还不知道能不能再见,打个电话告别。

邻居赶忙过来看她,母亲又说她做的是小手术,没事。

手术的确没问题,可还是让母亲说着了,真是见不到了,不但母亲见不到这位邻居,我也见不到母亲了。

……

我摩挲着楼梯上的每一根栏杆,每一寸都让我难舍、难忘、难分。因为母亲每次上下楼,都要拽着它们以助一臂之力。这一根根铁栏上,一定还残留着母亲的指痕、体液,因为这栋楼里,再没有像母亲那样年纪的老人,需要拽着它们上下楼了。也就是说,再没有别人的指痕、体液,会覆盖在母亲的指痕、体液上面。我估计就是全市卫生大检查,也不会有人想着擦擦这些铁栏杆。

我摩挲着那些栏杆,就像往日拉着母亲的手,带她出去看病或是镶牙。好像人一到了老年,就剩下看病这件事了。

自从搬到西坝河后,母亲虽然从家务劳动第一线退了下来,可还照旧给我熬药;当我和小阿姨都在先生那边照顾先生的时候,她还要给自己做饭;喂猫、煮猫食;应付居委会、派出所,和发放票证等机构的工作……

母亲在世时,我从没有领过粮票,我是一九九一年九月才第一次去领粮票,那是因为她已经住进了医院,再不能到粮店领粮票了。

除了每日出去锻炼身体,她不再出门为家里购物。早上锻炼回来,偶然会在楼下的副食店或菜站,顺便买点青菜、杂货,进了二单元大门,将要上楼的时候,她会站在楼梯下,大声呼喊我的名字,让我下楼接她。

从前住在二里沟的时候,她上街采购回来,也会在楼下这样地叫我,不过那都是在她肩挎手提过多的时候。

每每她大声呼喊我的时候,声音里老有一种久远的凛冽和凄厉。不论我已多么习惯这呼喊,还是会吃上说大不大、说小不小的一惊。十万火急地跑下楼去,见到她安然地提着很多东西,才放心地接过她手中大大小小的提袋。

她越来越频繁地这样呼喊我了。从她越来越频繁的呼喊我的声音里,我渐渐感到我已成人。尽管我也几十岁了,但凡有母亲在,就永远是她的孩子。

我为自己终于能够顶替母亲来支撑这个家而奋起,同时又为母亲最后总要交班,而感到无法对她言说的悲凉。

其实,母亲又何尝没有想到这些呢。

不过她不说就是了。

这真是苦不苦,两心知了。

我顺着楼梯往上走……慢慢地到了四楼。

每当我从外面回到家,母亲常常是一手扶着门框,站在401室的门口,迎我走进家门。

我不由得朝四〇一室的门口望去,那里已是一扇紧闭着的、变做他人家的家门,我再也看不到站在那里、等着我叫她一声"妈",并迎我进家门的母亲了。

母亲去世前的几个月,只要听见我上楼的脚步声,或是她不知怎么算准我就要到家的时候,就会走出房门,站在401室的门口,迎我回家。

她那时对我的依恋,似乎比什么时候都深。

最后几个月,母亲几乎就是扶着那个门框,眼瞅着一天比一天衰老不堪的。

但那时我们都没想到,几个月后,就是永诀。

....

我扒着窗子往厨房里看了看,不是为了看它如今变成了什么样,而是再看一眼,母亲偶尔在里面做饭时用过的炉子、踩过的地面、拧过的水龙头,以及她的眼睛掠过的每一方墙面、每一扇玻璃窗……

母亲的厨房

最后,日子还是得一日三餐地过下去,便只好走进母亲的厨房。虽然母亲一九八七年就从厨房退役,但当她在世和刚刚走开的日子里,我总觉得厨房还是母亲的。

我站在厨房里,为从老厨房带过来的一刀、一铲、一瓢、一碗、一筷、一勺而伤情。这些东西,没有一样不是母亲用过的。

也为母亲没能见到这新厨房和新厨房里的每一样新东西而嘴里发苦,心里发灰。

为新厨房置办这个带烤箱的、四个火眼的炉子时,母亲还健在,我曾夸下海口:"妈,等咱们搬进新家,我给您烤蛋糕、烤鸡吃。"

看看地面,也是怕母亲上了年纪,腿脚不便,铺了防滑地砖。可是,母亲根本就没能走进这个新家。

厨房里的每一件家什,都毫不留情地对我说:现在,终于到了你单独对付日子的时候了。

我觉得无从下手。

翻出母亲的菜谱,每一页都像被油炝过的葱花,四边焦黄。让我依然能在那上面,嗅出母亲调出的油、盐、酱、醋,人生百味。

也想起母亲穿着用我的劳动布旧大衣改制的又长又大、取其坚牢久远的围裙,戴着老花镜,俯身在厨房碗柜上看菜谱的情景。

那副老花镜,还真有一段故事。

记得母亲的"关系"还没有从她退役的小学转到北京来的时候,她必须经常到新街口邮局领取每月的退休工资;或给原单位寄信,请求帮助办理落户北京所需的,其实毫无必要,又是绝对遗失不起的表格和证明;或是邮寄同样毫无必要,又是绝对遗失不起的表格和证明。那些手续办起来,就像通俗小说那样节外生枝,于是这样的信件,就只好夜以继日地往来下去。

那次,母亲又到新街口邮局寄这些玩意儿,回家以后,大事不好地发现老花镜丢了。马上返回新街口邮局,而且不惜牺牲地花五分钱坐了公共汽车。

平时她去新街口,都是以步代车,即便购物回来,也是背着、抱着,走一走、歇一歇,舍不得花五分钱坐一回公共汽车。

可以想见母亲找得多么仔细,大概就差没有把新街口邮局的地,刮下一层皮。

她茫然地对着突然变得非常之大的新街口邮局,弄不懂为什么找不到她的眼镜了。

用母亲的话说,我们那时可谓穷得叮当乱响,更何况配眼镜的时候,我坚持要最好的镜片。别的我不懂,只知道眼睛对人是非常重要的器官。一九六六年,那副十三块多钱的镜片,可以说是老花镜里最好的镜片了。谁知二十五年后,母亲还是面临失明、人体各器官功能衰竭、卒中而去,或是以她八十岁的高龄上手术台的抉择。

回家以后,她失魂落魄、反反复复对我念叨丢眼镜的事,丢了这么贵的眼镜,母亲可不觉得像是犯了万死之罪。

很长一段时间,就在花十几块钱又配了一副老花镜后,母亲还不死心地到新街口邮局探问:有没有人捡到一副老花镜?

没有!

老花镜不像近视镜,特别那时母亲的老花的度数还不很深,又仅仅是老花,大多数老人都可通用。尽管当时已大力开展学雷锋的运动,只怪母亲运气不佳,始终没有碰上一个活雷锋。

她仅仅是找那副眼镜吗?

每每想起生活给母亲的这份折磨,我就仇恨这个生活。

后配的这副眼镜,用了二十多年,直到一九九〇年,即便戴着它也看不清楚东西的时候。那时还以为度数不够了,并不知道是因为她的脑垂体瘤压迫视神经的缘故。再到眼镜店去配一副,配眼镜的技师无论如何测不出她的度数。我们哪里知道,她的眼睛几近失明,怎么还能测出度数?我央求验光的技师,好歹给算个度数……最后勉强配了一副,是纯粹的"摆设"了。

这个"摆设",已经带给她最爱的外孙女儿,留作最后的纪念。而那报废的眼镜,连同它破败的盒子,我将保存到我也不在了的时候。那不但是母亲的念物,也是我们那个时期生活的念物。

母亲的菜谱上,有些菜目用铅笔或钢笔画了钩,就像给学生判作业、判卷子时打的对钩。

那些用铅笔画的钩子,下笔处滑出一个起伏,又潇洒地扬起它们的长尾,直挥东北,带着当了一辈子教师的母亲的自如。

那些钢笔画的钩子,像是被吓得不轻,哆哆嗦嗦地走出把握不稳的笔尖,小心、拘谨、生怕打扰谁似的,缩在菜目的后面而不是前面,个个都是母亲这一辈子的注脚,就是用水刷、用火燎、用刀刮,也磨灭不了了。

我怎么也不能明白,为什么用铅笔画的钩子,和用钢笔画的钩子,会有这样的不同。

那些画了钩子的菜目,都是最普通不过的家常菜。如糖醋肉片、粉皮凉拌白肉、炒猪肝、西红柿焖牛肉等等。

鱼虾类的菜谱,档次最高的不过是豆瓣鲜鱼,剩下的不是煎蒸带鱼,就是香肥带鱼,虾、蟹、鳖等等是想都不想的。不是不敢想,而是我们早就坚决、果断地切断了脑子里的这部分线路。

就是这本菜谱,还是我当作家后,唐棣给母亲买的。

不过,我们家从切几片白菜帮子用盐腌腌就是一道菜,到买菜谱,已是鸟枪换炮了。

其实像西红柿焖牛肉、葱花饼、家常饼、绿豆米粥、炸荷包蛋之类,母亲早已炉火纯青,其他勾画的各项,没有一项付诸实施。

我一次次、一页页地翻看着母亲的菜谱,看着那些画了钩、本打算给

/ 041 /

我们做,而又不知道为什么终于没有做的菜目。这样想过来,那样想过去,恐怕还会不停地想下去。

我终究没能照着母亲的菜谱,做出一份菜来。

一般是对付着过日子,面包、方便面、速冻饺子馄饨之类的半成品,再就是期待着到什么地方蹭一顿,换换口味,吃回来又可以对付几天。

有时也到菜市场转转,东看看、西瞅瞅地无从下手,便提溜着一点什么意思也没有的东西回家了。回到家来,面对着那点什么意思也没有的东西,只好天天青菜、豆腐、黄瓜的"老三样"。

今年春天,在市场上看到豌豆,也许是改良后的品种,颗粒很饱满。想起去年春天,母亲还给我们剥豌豆呢。我们常常买豌豆,一是我们爱吃,也是为了给母亲找点力所能及的事情做。

母亲是很寂寞的。

她的一生都很寂寞。

女儿在六月二十九日的信中还写道:

……我有时梦见姥姥,都是非常安详的、过得很平安的日子,觉得十分安慰。虽然醒了以后会难过,毕竟比做噩梦要让人感到安慰得多。我也常常后悔,没能同姥姥多在一起。我在家时,也总是跑来跑去,谁想到会有这一天呢?她这一辈子真正的是寂寞极了!而且是一种无私的寂寞,从来没有抱怨过我们没能和她在一起的时候。

我的眼前总是出现她坐在窗前,伸着头向外张望的情景:盼你回来,盼我回来,要不就是看大院里的人来人往。让我多伤心。可当时这情景看在眼里,却从来没往心里去,倒是现在记得越发清楚。不说了,又要让你伤心了……

也曾有过让母亲织织毛线的想法,家里有不少用不着的毛线,也只是说说而已,到了儿也没能把毛线给她。

....
尽量回忆母亲在厨房里的劳作。

渐渐地,有一耳朵、没一耳朵听到的,有关厨房里的话,一一再现出来。

冬天又来了,大白菜上市了,想起母亲还能劳作的年头,到了买储存白菜的时节,就买"青口菜",她的经验是青口菜开锅就烂,还略带甜味。

做米饭也是按照母亲的办法,手掌平按在米上,水要漫过手背;或指尖触米,水深至第一个指节,水量就算合适。不过好米和机米又有所不同……

渐渐的,除了能上台面的菜,一般的炒菜我也能凑合着做了。只是母亲却吃不上我做的菜了,我也再吃不到母亲做的"张老太太烙饼"了。

我敢说,母亲的烙饼,饭馆都赶不上。她在世的时候,我们老说,应该开一家"张老太太饼店",以发扬光大母亲的技艺。每当我们这样说的时候,就是好事临门也还是愁眉苦脸的母亲,脸上便难得地放了光。就连她脸上的褶子,似乎也展平了许多。对她来说,任何好事如果不是和我们的快乐乃至哪怕是一时的高兴连在一起的话,都没有什么实际意义。

还有母亲的炸酱面。

人说了,不就是烙饼、炸酱面吗!

倒不因为是自己母亲的手艺,不知母亲用的什么诀窍,她烙的饼、炸的酱,就是别具一格。也不是没有吃过烹调高手的烙饼和炸酱面,可就是做不出母亲的那个味儿。

心里明白,往日吃母亲烙饼、炸酱面的欢乐,是跟着母亲永远地去了。可是每每吃到烙饼和炸酱面,就忍不住想起母亲,和母亲的烙饼、炸酱面。

又挂新年历

有时候什么都不想干了,像一只没有了目的,也没有了桨的船,也横,也竖,横也罢竖也罢地漂泊在河里。这时,哪怕一阵玲珑的小风,也可能让它掉个头,或是漂行几里。

好比说,遇见一只比你还让人垂怜的小狗,或一个极尽调侃、却心意绵长的电话,或炉子上的鸡炖煳了,或有人建议你开个专栏,或有朋友自远方来……于是,为了那一点责任、一点回报、一点爱心、一点软弱、一点寄托什么的,你只得打起精神,日子也就继续过下去了。总而言之,容易死的人,大概也很容易活。

想想也对,东西南北,风云变幻,人情世故,苦辣酸甜,衣食住行,生老病死,儿女情长,英雄气短……哪一时、哪一刻不在纠缠人?

忘记了什么时候起就不再盼望过年。甚至看着别人过年也不觉得眼馋,也不觉得眼气,更何况还有不为置办年货操劳的、隔岸观火的洒脱。

午夜里突然被迎新辞旧的爆竹惊醒,也许因为躺在暖和的被窝里,那四方的祝福,听起来也暖暖的,就有一种自己的年让别人替着过了,很上算的感觉。便跟着一阵紧、一阵缓的爆竹,不着边际地漫想起来。那些随风飘逝的冷飕飕的日子,和冷飕飕的日子比起来没有多大差别的各个节令,竟也在回忆中似是而非地热闹起来。

要是我有时想点什么,肯定就是这个。

不过到了这个时候,还有什么别的可想?

其他于我,都是逢场作戏,捣蛋而已。从小就是如此,不喜欢和别人唱同一个调子,甚至偏偏唱惹人讨厌的调子。看着别人恨我,就像发现了自己别一番的才能。

……这些漫想,不过是路边供疲倦的旅人歇脚的石头,不过歇脚而已。

我还能企盼着一两毛压岁钱,去买一颗关东糖或是十个摔炮吗?我还能拥着期待了一年的、母亲手缝的花布衣衫或花布鞋,难以成眠地等着大年初一的太阳,以便美不滋滋地穿上它们去招摇过市吗?我还能守在炉灶旁,急不可待地等着一笼豆包出笼或一锅饺子出锅吗?

…………

我不能。

既然我不能,我还盼望什么过年。母亲去世后,我连那顿年夜饭都省了。

最致力于我们家庭年节气氛的人,是我的母亲。我在《何以解忧,唯有稀粥》一文中写过,哪怕是在"瓜菜代"的年代,母亲也会在政府配给的三两肉上,营造出年节的气氛。这也就是说,她将为政府在春节期间,特配给老百姓那几斤说是带鱼,可连现在的带鱼尾巴也顶不上的带鱼;一、两斤在冷库里待了小十年的鸡蛋;以及和鸡化石差不多的鸡……站在刺骨的西北风里,排了这个队又排那个队。那些队伍的进展都很慢,一寸一寸地往前挪。肩负此项重任的,大多是各家的老人,对那些已届风烛残年的老人来说,这种考验恐怕不亚于立功入党的生死考验。

记得有一年她采购年货回家,说到一位老太太排队买带鱼,让人掏了腰包的惨剧。那位老太太立时瘫坐在又黑又腥的冻带鱼的冰碴子上,天塌地陷也不会那么惊心地号啕着。"那可是全家人用来过年的钱哪。"母亲怔怔地说。我至今记得母亲那受了极大刺激、神情恍惚的样子,倒好像被人掏了腰包的是她。

奇怪的是,人越穷,对这份难过的年就看得越重,也许是平日难得有一个吃喝之后心里不忐忑的机会。如果不是因为过年,这样的吃喝,对于大多数清贫如洗的人来说,可不就跟把家产输光荡尽的赌徒、败家子差不多?

我心疼母亲的劳苦,老是打击她置办年货的热情。"什么时候吃不行,干吗非得挤在这几天吃?就是晚两天,配给证也不会过期。"

我的建议,只是在母亲心有余而力不足地从家务劳动第一线退下来后,才不得不被采纳。母亲退役后,家里的事由我大拿,那顿年夜饭,干脆连北方人的饺子也不包了,不过炒两个细菜而已。于是乎,我们家的年节就更不像年节了。

在紧一阵、缓一阵的爆竹声中,我明白了办置年货,让难得好吃好喝的家里人,尤其是孩子,过上一个热腾腾的年,可能是每一个母亲究其一生也无穷尽的乐趣,我怎么不懂呢?!

忘记了从什么时候起,过年就变成换上一本新年历,就简化为对年历上那些数字的猜测:那后面有什么?

以为每一个数字里面都有宝藏,或藏着我的好运:数过一个号码或翻过一个月份,生活就会大不相同、大有改观,换成一句新潮的词儿,叫作心想事成。

一年年地翻下来,渐渐地就不再猜测里面是否藏着好运。故事也是有的,却不一定心想事成。懂得并接受了成不成都是天命的说法,于是心就慢慢地沉下来,又明白翻一年就少一年,只剩下安安静静地等着把它翻完。

只是看着人们热热闹闹地过年,还会感受一份温馨;只是见了朋友,还会忍不住凑趣,固然是为了朋友们的高兴,不也是尘缘未了?

Give away

女儿的婚礼是一个西式婚礼。照规矩,应该由她父亲把她送上教堂的婚坛,并交给另一个男人,也就是日后作为她丈夫的那个人。英文这叫作 Give away。

可是她从小就和她的父亲分开了,或者说,她没有父亲。

谁来送她走上婚坛? 我发了愁。

女儿不容置疑地说:"妈,当然是您。"

我想她的意思是,把她养育成人的是我。

其实,她能成长为今天这样一个不论从哪方面来说,都相当出色的人,是她姥姥——也就是我的妈妈——养育的结果。挣钱养家靠我妈,遮风挡雨还是我妈……可惜她看不到这一天了。好在她老人家在一九九〇年,就见过这个未过门的外孙女婿,且印象良好。

我问唐棣:"这件事你和神父谈过没有?"

她说:"谈过了,他没意见。现在天主教也改革了,就是他不同意,我也要这么做。"

一位在美国落户几十年的女友却说,由我把女儿送上婚坛,真是破天荒。

我们家的女人,大多做过破天荒的事情。可是不这样,又怎么活下去?很多人并不一定喜欢冒险,或对"破天荒"有所偏爱。庸常是福。一般来说,人们更喜欢安安分分地过日子,我们又何尝不是这样?

按照西方的习俗,新郎在婚礼前,是不能看到新娘婚纱的。所以婚礼头一天,我们母女,还有她的伴娘,就带着她的婚纱前往 Vermont,住进了女儿预订好的旅馆。这就是全部的娘家人了。当然我还带了母亲的骨灰,让她也高兴高兴,她活着的时候,一直想要看到外孙女儿的结婚大典,可却没有看到。

那是一个讲究、温馨、浪漫的老英格兰风格的旅馆,坐落在起伏的丘陵之间,四周有广阔的园林和草地,室内所有的木质结构,如窗棂、护窗、门、护门、护墙、天花板的房椽上,都装饰着老式浮雕。

在教堂完婚后,他们将在这里举行喜庆和喜宴。

当我们走进女儿预订的房间,她说:"妈,咱们终于能理直气壮地住进这样的旅馆了。Jim 好意让咱们住到他家里去,说是可以为我们省点钱,可我觉得宁肯花点钱,也要住到这里来。"

我说:"这个钱,无论如何应该花。"我想,就是妈活着,也会这样说。女儿能做这样的决定,不就是按着姥姥一辈子待人处世的原则行事的吗?

早就想好,她出嫁的那天,我要给她洗个澡,算是当妈的最后给女儿洗的一个澡,也是人生的一种了结。多少不能忘记的日子,不就是从她出生后,我给她洗的第一个澡开始的吗?

不想也罢。

为此,我还带了一条新毛巾,希望趁此机会,洗掉我们家上两代人的晦气。

可是第二天一起床,我们激动得什么都忘了。等她洗完澡,我才想起来,这个澡是我早就准备要亲自给她洗的。可又不能让她再跳进澡盆里去,还有好多事情要做,恐怕时间来不及了。好在她到现在为止,总是顺利,不像我和母亲。

然后我们和伴娘 Jeanie 一起去理发店做头发,女儿悄悄对我说:"妈,我觉得我应该给 Jeanie 付做头发的钱。"

我说:"当然。"这无疑又为她的婚礼增添了一点欣喜。

回到旅馆,我们开始穿礼服,给女儿穿好礼服、化好妆,眼前是那么漂亮的一个新娘!真没想到,我会有这么漂亮的一个女儿,那时,我觉得哪个男人也配不上她了。

我不是开玩笑地说:"妈真的舍不得把你嫁出去了。"

她说:"您昨天还说 Jim 是个好男人,把我嫁给他很放心呢。"

摄影师来到的时候,我还没换衣服,女儿很关心我的穿着,帮我穿好衣服,化好妆,说:"妈,您真好看。"

我想,她的意思是,在这个喜庆的日子里,我们都够体面。我们过去还说,要为母亲参加外孙女儿的婚礼,定做一套织锦缎的中式上衣和长

/ 051 /

裙，谁知如今梦已成空。

摄影师看到那么漂亮的一个小新娘，也很激动，给她拍了一张又一张。

天气好极了，女儿说："一切事情通过努力都能办好，就是天气无法控制，现在总算放了心。"

万事顺遂，这是她的福气。

司机是个有经验的人，他说他会告诉我们，什么时候去教堂时间最为合适。

我永远不会忘记，女儿拥坐在婚纱中，去教堂参加婚礼那仪态万方的样子。

公元一九九四年九月三号这一天下午三点多钟，我把唐棣送上了婚坛，撩起她的面纱，在她面颊上亲过出嫁前母亲最后的一吻。在把她交给 Jim 之前，我又放心、又不放心地再次向他深望一眼。

那一眼直望 Jim 的心底。虽然我对自己的事情常常看走眼，可这次我知道，唐棣绝对不会遭算计。

周遭的一切对 Jim 已不复存在，只是怀着一份时刻准备奉献的期待，守候着向他越走越近的那份很重的责任。

我也永远不会忘记，唐棣站在婚坛上回答神父问话的样子，和她回答 Yes 时的声音。

回到旅馆，就是婚宴前的小吃和拍照，摄影师很卖劲。

婚宴前的小吃和婚宴上的菜肴都很丰盛，也很可口。菜单是女儿亲自订的，她也没有忘记为两张主桌安排了特别的服务，让上了年纪的客人，更方便、更舒适一些……她像我的母亲一样，也是个要体面的人，什么事都做得让人挑不出毛病。

婚礼上的万般事体,都是她自己张罗的,她唯一的遗憾是,事前无法检查装饰蛋糕、教堂的鲜花,付了不少钱,但是不够丰满。

只恨我这个当妈的,在女儿这件人生大事上,一点劲也使不上,就连结婚礼服,也没能和她一起挑选,只在她最后试穿的时候看了看。不要说我是在她婚期已近的时候才来到美国,就是我在这里,也做不了什么。

惭愧得不得了。倒不完全是对她,更是对母亲的在天之灵。

不过我也有点害怕,女儿是太好强、太聪明了,太好强、太聪明的人,必定劳累自己。

参加婚礼的每一个人都对我说:"你的女儿真漂亮。"

我趁一个空当儿告诉她:"人人都说你漂亮极了。"

她说:"那是人家的客气话。"

我说:"人家也可以不说这个客气话。"

她笑了。

过了一会儿,她过来对我说:"妈,人家都说您年轻漂亮。"

我说:"人家能不对你那样说吗?"

她回我说:"人家也可以不这样说。"

拍过婚照,吃罢喜宴,又和Jim跳过头场舞后,我陪她上楼换中国礼服。为她脱去婚纱、换上旗袍时,她泪眼婆娑地搂着我说:"妈,咱们俩多好啊!"

那一会儿,我想到很多很多。女儿说这句话时,心里包含的内容,肯定和我心里一样多。就在那一刻,她和我,把我们三代人几十年走过的路,又都走了一遍。

当时我真想痛哭一场,可我不能,楼下还有应酬呢。

倒是她先止住了泪水,安慰我说:"妈,别哭了,咱们还得下去呢。"

我们擦干了眼泪。

她穿上红里泛金的旗袍,又是一番风韵。我又在她头上插上千里迢迢从中国带来的红绒花,看上去很喜兴。这花我没敢放在行李里托运,怕压坏了,一直提在手上。

人们又都惊叹女儿穿旗袍的美丽。

我坐在沙发上紧盯着她,不愿放过一眼。我有责任在身,我不是也要替母亲眼看着这个大喜的日子?

十点钟。喜庆结束,她和 Jim 走了,他们将到希腊去度蜜月。

第二天一早起来,我用摄像机拍下头天没有时间和机会拍下的一切。这里的一切对我可能比对女儿更有纪念意义,因为她还没有到需要纪念什么的年龄。

我拍下了这旅馆的里里外外,也拍下她作为女孩儿时,和母亲度过最后一个夜晚的房间;还有我在女儿婚礼上带过的花环;她出嫁前,我们俩最后一个早上,一同吃早饭的那个小餐厅和那张小餐桌……

天气很好,空气清新而爽冽,有点像她的性格。

等到伴娘去前台结账时,发现女儿已经替她付过房费。我听了以后很高兴,好像她又回来了,还和我和母亲紧紧地靠在一起。

但事实上她已离开了我。我开始猜想到母亲晚年不曾表白过的失落,虽然她直到离开人世,也没有离开过我,我却不再像小时那样,须臾不可离地依赖着她,我已走出她的翅窝。虽然我还是她的唯一,但她已不是我的唯一。这真是一代又一代,无穷循环着的、无奈的伤感。

他们的小日子渐渐地过着。Jim 工作非常辛苦,不但晚上八九点才回家,就是星期天也常常加班,下得班来,再晚、再累也是先看各式账单,算账、签字、开支票、回答电话里朋友们的留言,做饭、家务、安排出门的日程、机票、准备旅行物品等等。他说,将来他还准备带孩子。

我问他:"你何必这样辛劳?"

他说:"我要努力工作多挣钱,这样,我太太就可以不工作,留在家里干她想干的事,比如写小说。"

Jim 对小说这个行当很尊重,不知到了他太太真当作家那一天,他是不是还这样看。记得我曾说过,公众很尊重的那些知名人士,在他们家人眼里,基本上狗屁不是。

我对唐棣说:"我不过刚刚把你交给他,谁知道以后呢?"

她爱莫能助地看着我,说:"那要看你自己了。妈,您当了一辈子的大傻瓜。"

一个人的命运是没法改变的,你就是教会他做这件事,下一件事他还是不会做,谁也不能事事、时时守在你身边,替你过完这一世。

幸亏还有它

母亲去世以后，倒霉的事情接二连三。

这并非说母亲是我们的吉星，她这一辈子和吉祥、如意，都不沾边。

我的意思是，母亲是我们这个家的屏障，所有我们该受的苦，母亲都替我们受了。她这一走，就再也没有人为我们遮风挡雨。

先是小阿姨辞职，说是家里来信，姨妈出了事。出了什么事？信上没写、无从得知。后来我才懂，这是小阿姨们另拣高枝的借口。

我忘了，过去她就来过这么一手，说是有个印名片的厂子，每月给她二百块钱工资。我说："这机会不错，我不能挡你的财路，因为我目前还不可能每月给你二百块钱工资。"

可她走了几天又回来了，说是伙食费用自理，脂肪、蛋白当然不敢问津，何谈水果甜点。妇女卫生用品、洗衣粉、洗发精、肥皂、牙膏、一应日用物品，以及被褥，须得自购自备。由于没有卫生设施，洗澡也要自行付款到洗澡堂解决……这样算起来,每月二百块钱工资几乎不剩,更不要说几个人挤在一个房间上下铺、一应细软全得掖在身上的诸多不便。也曾试着自己开伙,可是一瓶油就是三块多,还要到处借用炉灶,借用一两次还行,长此以往如何是好……

回到我家后,又把她在名片厂用剩下的那瓶油和那袋洗粉,原价卖给了我……

这次可能又找到了高工资的去处。

一个多月后,我接到她的电话,说是刚从老家回来,姨妈的病已经痊愈云云。

我猜她可能又在那高工资的去处,遇到了入不敷出的麻烦,算来算去并不划算。不过有了上一次的经验,我知道这样的事以后还会接连不断,实在受够了频繁更换保姆的麻烦,连忙敬谢不敏。

然后就是猫咪的胃口越来越坏,终日昏睡,连早晚"喵呜、喵呜"叫我陪它疯跑一通的必修课也免了。

因为市面上有不少偷猫的人,宰了之后卖它们的皮、吃它们的肉,所以从不敢让它出门,自它来到我家,等于圈了大狱。而猫们需要上蹿下跳,撕咬追逐……想想这点,很不猫道,也很对它不起。

母亲年事已高,不可能在这方面对它有什么帮助,所以我虽然忙得四脚朝天,只要可能,总要陪它玩上一阵。

从前住的四间房子属于两个单元,为安心工作,将它和妈安排在一个单元,我和工作室在另一个单元,它和我接触的机会并不多。

搬进新家后,房子集中到一个单元,特别是母亲去世后,它也像没了娘的孩子,只剩下我这一个亲人,和我的关系便亲密起来。一早一晚都要"叫"我陪它玩一会儿,钟点很准。如果那时我还没有起床,它就会趴在我的脸上,喵喵地叫个不停。

母亲去世后我心力交瘁,但我还是在那两个时辰陪它跑一会儿。

我已没有力气跑动,不过双脚踏地做出跑和撵的样子。它也不像从前那样有力,跑两下就跑不动了,气喘吁吁地往地上一横,连跳上窗台,也要运上好一阵力气,显出勉为其难的样子。

猫最不喜欢挪窝。

起先我想,它的不适,也许是不习惯这个新家?

可是它的情况越来糟,一天天地衰弱下去,小声小气地叫着,最后发展到不吃不喝,整天趴在阴暗的角落里,让刚刚失去母亲的我,伤心之上更加伤心。

好在现在有了兽医院,决定带它去看看。

当时我查出转氨酶过高,肝炎症状一应俱全,正在等待确诊为什么类型的肝炎,抱它去医院,对病中的我来说,无疑是很重的负担。便试探地询问先生,他的专车可否送我们去趟兽医院。

先生不说不行,只说猫咪没有病。

求人的话我绝不说第二遍,哪怕是对自己丈夫,如此至关重要的角色。

猫咪非常害怕出门,因为平生第一次出门,就是为它做绝育手术。

当初本不打算给它去势,以为只要在它觅偶时期,给它吃些安眠药就可拖延过去。

安眠药没有少吃,用量几乎和人一样,吃得它摇摇晃晃,东倒西歪。即便如此,也没能断绝它的尘缘。它浮躁得甚至将我们刚刚买进的九寸黑白电视机蹬落地下,摔得机壳开裂,更不要说其他方面的破坏,最后只好对它采取这种不猫道的办法。

十年前还没有为猫狗看病的兽医院,只好屈尊一位人医给它"去势"。母亲要求说:"给它打针麻药吧。"

大夫说:"一个猫,打什么麻药!"

这个过程,妈不忍地重复过多次。"……也不给打麻药,噌、噌两刀,就拉出来两条白线……"

以为猫找对象不会像人那样艰辛,有个能解决问题的异性就行,其实它们挑剔得相当厉害。

两家邻居各有猫一只,从我们家的窗户望过去,一只在北,一只在东。我家的猫只对北边一只情有独钟。它们常常痴情地对望着,默默地一望就是几个小时。即便在"去势"手术之后,它还不死心地蹲守在窗台上,痴痴地向北张望;就算邻家把猫给了人,它还要守一守那空落的窗台。

那次出门,给了它终生难忘的经验,以后再要出门,它就吓得四肢蜷缩,像蹲在起跑线上的运动员,随时准备后腿一蹬,飞遁而去。

猫绝对有第六感觉。我刚要去抱它,它就知道大事不好,连蹬带踹地挣扎,即便如此,它也不肯咬我一口。

它实在是只仁义的猫,我有时甚至觉得它仁义得过了头,不管我们做了什么让它痛苦不堪的事,它从未咬过我们或是抓过我们。只在玩得忘乎所以之时，它的爪子才忘记轻重，但只要我把自己的脸贴上它的脸，它立刻就会停止抓挠，绝不抓咬我的脸。而这种打闹，又都是以它的吃亏告终。

它声嘶力竭地嚎着，为了抓住它我累得满身虚汗，又费了好大力气才把它装进纸盒。

我抱着它先乘地铁到达军事博物馆，然后往南走，问了几个路人才找到那家兽医院极小的门脸。一看门上的告示，九点开始门诊。再看看我的表，不过七点十五分！

我们只好站在风地里，等候医院开诊的时间。

那天早晨偏偏刮着很大的风，是那个冬天少有的冷，凛冽的西北风眨眼就吹透了我的衣服，把我身上本来就不多的热气涤荡净尽。我这才感到自己病得确实不轻，身上的热气就是再少，从来也没少到这步田地。

想到生病的猫咪一定更冷，我解开大衣扣子，把装咪咪的盒子拥在胸前，可我怎能为它挡住无孔不入的风？

寻到附近一个单位的传达室，问可否让我们在这里避一避风。传达室的那位男士很尽人情，允许我们待到八点半，上班时间一到我们就得走人。

我和猫咪缩在房间一角的炉子旁，感受着被严寒拧紧的皮肉，在温暖里渐渐松弛的过程。我想猫咪也是如此，就打开纸盒让它多沾些热气。它好像知道那不是自己的家，更知道这是寄坐在别人善施的地方，小心翼翼地探出脑袋，不闹也不跳。更让我心生凄凉地发现，它甚至有些讨好地看着屋里来来往往的人。

八点半到了。我又把咪咪装进盒子，走出那间温暖的传达室。

再次四下寻找可以避风的地方，见到附近有家招待所，便走了进去，奇怪的是没人阻拦。我在一楼通道里找个暖气片靠下，又把装猫咪的纸盒放在暖气片上面，这样它会更暖和一些。

幸运的是，到盥洗室洗漱或是去灌开水的人们，不断从我们面前经过，却没有人干涉我们，或朝我们好奇地看上一眼。我满足地靠在暖气片上，突然想起住在巴黎的日子，也是这样的早晨，坐在文化气氛很浓的拉丁区小咖啡馆里，喝一小杯咖啡，看往来的行人……

谢天谢地，我们在这个温暖的角落里一直待到医院开门的时间。

医生先看它的牙，说："它老了，牙齿差不多都掉光了。你看，仅剩的几颗上还长满了牙垢……而且它的牙齿没有保护好，还有牙周病……"

于是想起一年多前我就对母亲说过："您瞧，它现在为什么老吐着半截舌头？"

可能就是因为牙疼，疼得它老是吐着舌头。可我那时不懂，也想不到它生了牙病，更没有经常查看它的全身，让它受了很长时间的苦，也损害了它的牙齿，要是那时能及时带它看医生，可能它不会丢失那么多牙。

"这些牙垢一定要清理掉。"医生最后说。

为了除去牙垢，给它进行了全身麻醉。除掉牙垢之后又发现它的两颗大牙上都是朽洞，露着神经，难怪它不能吃食。既然兽医学还没发展到可以为猫补牙的地步，只好拔掉。

后来才知道，全麻不但对老年人是危险的，对老猫也同样危险。

它在打过麻药，还没完全失去知觉的时候，就开始呕吐，而后全身渐渐松懈下来,只有眼睛一转不转地张着,像是没有了生命。

我扭过头去不忍再看。

医生问我拔几颗,我说两颗都拔。医生说两颗都拔可能它受不了。我说你既然给它打了麻药,拔一颗和拔两颗还有什么不同。如果现在只拔一颗,并不能彻底解决它的问题,过不了多久还得让它再遭一次罪。

妈在世的时候老担心,她有一天不在了,我不会善待她的宠物。那时不是有她管着,用得着我瞎使劲吗?

它是妈的宠物,又何尝不是我的宠物!特别在妈去世以后,我老觉得它身上附着妈的灵魂,为妈恪尽职守地护着我。

就看它身体朝前不动,只是将头后仰着看我的样子,和妈分毫不差。

妈去世不久的一天清晨,它突然提前时间喵喵叫着。那时我还不知道自己有病,更不知道是传染病,所以还在先生家里住着。我怕它的叫声惊醒先生的好梦,虽然没到喂它早饭的时间,还是起身去喂它。

我刚走出卧室就晕倒在地,由于事先没有一点征兆,所以是直挺挺地向后倒下。我的后脑勺磕在水泥地上,发出"咚"的一声巨响。事后小阿姨对我说,她只听见"咚"的一声响,就没有了声音,本想接着再睡,可是马上就听见猫咪声嘶力竭地嚎叫,一声接着一声,非常瘆人,有一种出了事的恐怖气氛。

她爬起一看,果然见我人事不省地躺在地上,只有猫咪在我身边团团乱转着哀嚎。

然后先生也被它的哀嚎惊醒。

正是因为突然晕倒在地,我才想着到医院去检查身体,一查就查出丙型肝炎。

更不要说在妈走后的日子里,只有它忠诚地守在我的身旁。每当深夜,我在空荡荡的屋子里痛哭失声、忍不住大声呼唤"妈"的时候,它总是蹲在我的脚下,忧伤地望着我,好像它懂得我那永远无法医治的伤痛。我哭多久,它就直直地望着我多久。

有时我忍不住像小时躺在妈怀里那样,把头扎进它的怀里,而它就搂着我的头,我们一起睡上一个小觉。

有多少次我的头或我的腿,被窗户、椅子角磕疼,或是被火烫伤手指,禁不住喊疼的时候,不管它是睡得昏昏沉沉,或在饕餮小鱼,都会急煎煎地跑来,准准地看着我受伤的部位,焦急地叫个不休,和从前妈见我哪里有了伤痛的情况一模一样。

每每说起这些,先生总以为不过是我编造的小说情节。有一次他在我这里小坐,正巧我在书橱的玻璃门上磕疼了头,当时我并没有大声叫疼,只不过抱着脑袋蹲在地上哼哼,猫咪就跑了过来,两只眼睛紧盯着我的头,一脸紧张地叫着。好像在问:"你怎么了,伤在哪里,要不要紧?"

先生说从来没有见过这样的猫,真神了。

那次因为小腿抽筋,我疼得从床上滚到地下,它围着我团团乱转,还不断轻咬我那抽筋的地方,像是在抚摸我的痛处。

又一次我穿了新高跟鞋,在卧室门口险些滑倒,有意回头望望,想要再次验证猫咪确实在为妈恪尽职守,抑或是我的自作多情?只见原本熟睡中的猫咪果然已经扑向床脚,惊诧地望着我,全身弓成起跃之状,随时准备赴汤蹈火营救我于危难之中,后见我终于扶住门框没有摔倒,才又

/ 063 /

放下心来转回床头再睡。

但它绝对辨得真伪,对我历次故作危难之状的考验,从来不予理睬;

每每我做了噩梦,不论它在哪儿,瞬间就会跳上我的床,对着我的脸厉声呼叫,像要把我从噩梦中叫醒;

就在它拔牙后的第二天,我正在为先生洗手做羹汤,先生不断打开油烟滚滚的厨房门,我请他关上厨房门,先生却莫名地大发雷霆,我因肝炎不宜生气只好回避。可先生不让我避走他处,一拉一扯,就把我按倒在地。我仍不死心地往大门外挣扎,他拖着我的两条腿从大门一直拉回卧室。我当时没有别的感觉,只觉得家里的地板果然光滑。

那时猫咪刚从麻醉作用中醒来,摇摇晃晃路都走不稳,几乎是拖着身子走到先生面前,气愤至极却又力不从心、有气无力地对先生干嚎,像在质问:"你怎么能这样对待她?"

正像从前我和妈发生争执时,它也这样袒护着妈。

我不由得在心里暗暗叫了一声:"妈!"

妈不也是常常这样护着我?其实妈又何尝有力量保护我,只是她从不惜力,就像猫咪现在这样。

一九九二年十二月十八号晚上十二点左右,我突然在电脑里丢失了纪念妈的几万文字,一年血泪毁于一瞬。我心慌得满头冷汗、欲哭无泪。偶然回头,它却蹲在我的身后,默默地、爱莫能助地看着我。那本是它早已睡熟的时刻,我也没有大呼小叫,它又如何得以知晓?

就在我写这些文字的时候,它也常常蹲在我的身后,无声无息地看着我。好像知道我正在做的,是它和我和妈有关的事,而它也有权参与一份。

自它步入中年就不再像小时那样,每当我一铺开稿纸就蹲在一旁,眼珠不错地跟着我一笔一画地转动,或干脆蹲在我的稿纸上让我无从下笔。进入老年后,它也像人一样,对人间的万般风景日渐淡漠,更何况这苦熬苦打的写作。母亲去世以后,它却再度关心起我的创作,谁能说这不是母亲的嘱托?

从前它跟母亲最亲,我根本拢不住它,现在它非常依恋我。

每当我从外面回来,它就两只眼睛盯着我在地上翻来覆去地打滚,或是在屋子里猛一通疯跑,来表示见我回来的兴奋。

有时我在屋里干些什么,以为它在睡觉。可是一回头,就看见它卧在什么地方,半阖的眼睛随着我走来走去地移动。那时我觉得它真像妈,尤其妈最后在医院的日子,也总是这样半眯着眼睛,看着我在病房里走来走去,总也看不够,总也舍不得闭上眼睛休息。

可有时它又睁大眼睛,充满慈爱地望着我。

特别在冬天,它也像待妈那样与我偎依在一起取暖了,或是搂着我的胳膊,或是把它的头枕在我的枕头上。不过它不再像小时那样舔我的眼泪,就像人上了年纪,不再容易落泪一样。见了我常用的东西,好比说我的笔,特别是我的眼镜,它总是爱屋及乌充满感情地把玩不已。

其实猫最怕冷,可是为了和我厮守在一起,它冷揪揪地蹲在我工作间的木椅上,一动不动地守着我。特别在暖气没来或暖气刚撤的时节,它冷得全身毛都奓着,也不肯钻进暖和的被窝。目不转睛地看着我在电脑上工作,一看就是一两个小时。这时我就给它灌上暖水袋,再把它的小被子铺在木椅上，又把椅子拖到我的身边，为它盖好被子，它才在我身边安心地睡了。

……………

可不，现在就剩下我们两个相依为命了，我们都失去了世界上最疼我们的那个人。

妈在生命的最后两年，老是为我终究要面对的"孤苦伶仃"而忧心，天下虽大，她却无以托孤。也曾安排我"以后你就和胡容相依为命吧"，可天下事，到了靠的还是一个"缘"。

她一定没有想到，竟是她的猫咪担起了这项重任，它也正是以此回报了妈生前对它的挚爱。

这可不就是它对妈最好的回报？

正是：何以解忧，唯有此猫。

完全可以这样说，妈去世后，我最不能求助于人、最无法与人沟通的痛苦时刻，都是在它的守护、抚慰下度过的。

它至今仍然充满好奇心，只要一放厕所的水箱，它就跑过去，两支前爪搭在马桶上，看马桶里的水流旋转而下。但它不喜欢溅起的水星，一旦水星溅起，它就会调头而去。

如果深夜里我们被什么奇怪的响动惊醒，它比我更要去看个究竟。"噌"的一下跳下床，扬起脖子，瞪着一对惊诧的眼睛在屋子里东瞧西看。

有时遇到急事，我在屋子里跑来跑去忙着处理，它也跟在我的脚下跑前跑后，一副忙得不得了的样子。

空气里要是有什么异味,它就走来走去地寻觅,脖子一扬一扬、鼻孔一扇一扇地想要探出所以。

要是有人按门铃,它会比我更快地跑到门口,好像它会开门似的。它喜欢客人,一有客人来临,它就兴奋异常,或蹲坐在众人对面听大家谈话,或跳上柜子居高临下地纵览每一个人。

但对不同的人有不同的态度。谁越是怕它,它就越是要一扑一跳地吓唬他;谁要是居心不善,它也就虎视眈眈;它要是喜欢谁,第一次见面就能让人家抱在怀里。

哪怕它远在阳台上享受猫们最爱享受的阳光,只要我一敲打电脑键盘,它马上就能听见,并立刻来到我的书房,跳上桌子,在键盘上走来走去,踩出一些奇奇怪怪的字符。有时就蹲在我的打印机上或显示屏前,抓挠显示屏上闪烁的光标,弄得我无法操作。我不忍拂走它,只好两手护住键盘,免得它的爪子在键盘上按出什么指令,将我以前的操作一笔勾销。

它对我用以清扫电脑的小刷子有着极为特殊的兴趣,一见到那小刷子,喉咙里就发出一种奇怪的咕噜,跳过来将刷子叼走,像玩足球一样在地板上腾挪闪跃,或叼进它的水碗,歪着脑袋蹲在一旁观其反应。

其实它也有它的语言,每当它颠儿颠儿地跑到我的面前,对我喵喵地叫着,一定是有求于我。如果我正忙着没有理它,它就会在我面前和它需要帮助才能如愿以偿的地方,来回穿梭地叫唤。好比它想进客厅,而客厅门又关着的时候。

不像在我们二里沟那个老家,那时它从不需要我们的帮助,只要两只爪子扒着门上的把手,身体往下一坠,后腿再一蹬地,门就开了。

又比如它想睡觉而又钻不进被窝。不过这样的时候不多,一般它自己都能做到。每每我从街上回来,哪儿哪儿都找不到它的时候,看看凌乱的床脚,就知道它已经撩开被罩钻了进去。再掀开被罩一看,它准在里面睡着。

又比如它想让我陪它玩一会儿,或我长时间不注意它的时候,它就会在我面前扑腾出各种花样,或抓挠各种不该抓挠的东西,以引起我的重视和注意。如果我正好躺在床上,它就会在我的胸口上一趟又一趟地跑过,很有劲地蹬着我的胸口……

从前不知道有猫食可买,每天三顿做给它吃。最有趣是早上给它做饭的时候,它总在我腿下绕来绕去,蹭来蹭去,等不及了还用牙齿轻咬我的小腿。

现在可以买到猫食,就改喂猫罐头和猫饼干了。对它我从不吝惜钱,因为它是妈的宠物。

它果然是妈调教出来的猫,我们吃饭的时候,它从不像别的猫那样,穷凶恶极地号叫,也不会跳上饭桌放肆地在盘子里抢食。只不过静静地蹲坐在饭桌一旁,耐心地等着你会不会给它一些,如果你终于不给它什么,它就会慢慢走开。有时你就是给它一些什么,还要看它有没有兴趣,并非来者不拒。

它不但不和我们抢食,也不和同类抢食。有位同志到上海出差,曾把她的猫寄养在我家,本以为有了这样一个伴侣,可以免除它的寂寞。没想到那位"小姐"对它的礼让不但呲目相对,还独揽它的食盆、水盆,不许它靠近。为此我们又单独为它准备了一套餐具，没想到那位"小姐"又来个统筹兼顾，我们的猫咪则像英国绅士一样，肃立一旁，尽着那位"小姐"在两套食盆、水盆前头紧忙。吃着这边碗里的，盯着那边碗里的，只要猫咪前迈一步，她就发出刁蛮的嘶叫……

从前妈对我说，它极有规律，要是早上她没及时醒来，到点准会把她叫醒，然后等在一旁看她早操，每当她开始做最后一节，它就摇摇摆摆走向厨房，等在那里。等妈做完最后一节，过厨房来给它做早饭。或每到晚上九十点钟，它就开始上厕所、吃最后一道晚餐，将一应事体处理完了才钻被窝睡觉，直到第二天起床之前，再不会出来吃食或上厕所，等等。

那时我还不信，觉得妈说的这些，很大成分带有一种"护犊子"情结，现在知道它果然是有灵性。

一九九二年七月起，我经常在地板上发现一撮撮猫毛，那肯定不是正常的脱毛。检查它的全身，发现它颈部一块指盖大小的皮上脱尽毛被，而且那一小块脱尽毛被的皮肤，疙疙瘩瘩很不平滑，马上怀疑它是不是长了皮癌，抱起它就往医院跑。

那是北京最热的日子，我又没有"打的"——对于靠工资和千字只有三十元稿费的我来说，实在担当不起那样的消费习惯和水准。

下了车，离医院还有好长一段路。我抱着它，一面哭，一面跌跌撞撞地跑，我想，是否上帝以为我已度过妈过世后的艰难时期，如今它已完成使命，也要把它召回？实际上，我再没了它，可如何是好？

我像淋了倾盆大雨，汗水从脑顶滴滴答答淌下，与我的泪水一齐在

/ 069 /

脸上恣意纵横。因为抱着它,我分不出手来擦汗,也分不出手来擦泪,只能不断侧过脸去,在T恤袖子上蹭蹭我的汗和泪。

不知街上的人会怎么想,这个穿了一条旧短裤、一件破T恤,赤脚一双便鞋、满脸是泪的老太太,发生了什么事?

等到医生宣布那是癣不是癌后,我才平静下来。我把它紧紧搂在怀里,带着满脸的汗和泪,笑了。

但医生的药却治不好它的癣,那块癣面积越来越大。还是我在天坛公园门口的地摊上,买了一个安徽小青年家祖传的"鲫鱼霜"给它涂抹,很快就治好了。

今年一月,它又拔了一颗牙,又是全麻。

紧接着它又不能吃饭了。给它什么好吃的它都不吃,我以为这次它是真的不行了。

伤心而又绝望地带它去医院做一次最后的斗争,医生说它需要进一步检查,而一应检查器械都远在农业大学。

再远我也要去。带着它又到了颐和园北宫门农业大学的兽医院,应诊的还有一位洋大夫。可是他们说,CT机要到三月份才开始投入使用。

医生一看它的耳朵,就说它贫血得厉害。可不是,它已经快一个月不怎么吃食了。检查了心脏,又说心脏很弱,但肝脾不大。接着就要给它抽血,以验证它的肾功能是否正常。医生让我协助抓着猫咪的腿,我说我不能。他找了一条患狗的主人帮忙,我背过脸去不忍看它,然而声音是无法回避的,我听见它的惨叫,每一声都扯着我的心。

我背着脸说:"是不是抽一点就行了?"

医生说:"要做的项目很多。"

我说:"再抽,血就抽没了!"

医生说:"你再这样说我们就没法工作了,它的血本来就难抽。"

我只好闭嘴。

猫咪一声声地惨叫着,我缩着脖子,全身使劲,好像这就能帮助它尽快把血抽出去。

费了很多时间,想必猫咪也受了不少罪,后来连美国大夫也上了阵,才算把血抽出来了。可是不多,只够做一部分化验,更多的检查项目还是无法进行。

验血之后说是肾功能没有问题。既然肾功能没问题,又怀疑是否肾功能衰竭,因为它老了,各方面的功能自然都会衰减。我想大夫这样说也有道理。

除此其他部分没有异常。

给它打了好几针,又拿了不少药。

人说久病成良医,我慢慢品出——也可能是照料妈最后那些日子给予我的启示——猫咪的种种病状,很可能是全身麻醉后的副作用。

后来它渐渐恢复了体力,花了整整一年半的时间。我忽然悟到,可能它也是因为受不了妈去世的打击,需要时间来调整自己。

今年五月底,我又需要出去走一圈,费时两个多月。走前只好把它寄养到先生那里。

先生家里有个小院,我多次叮请先生,千万注意严紧门户,切不可放它独去小院,免得它跳到墙外从而走失,外面的世界并不一定美好。

可有谁能像我那样精心待它？不论在谁那儿，它可不就是没娘的孩子。它也确实像没娘的孩子一样，知道不是自己的家，走起路来瞻前顾后、畏首畏尾、四腿蜷缩。

更有一只野猫经常光顾先生家的小院，尽管我家猫咪已经去势，到底雄性未泯，居然以它十一岁的高龄，不自量力地和那年富力强的野猫叫阵。不论从出身（它是宗璞同志送我的，可以说是书香门第），或是从母亲给它的教育来说，它都不是那只野猫的对手。果不其然，刚一交手就被人家撕咬得掉了几处皮毛。

又在一次激战中，先生的千金为了遏止战争进一步恶化，踢它一脚，以为一脚就能把它踢回家去。可能它咬架咬红了眼，居然回头一口将先生千金的脚背咬伤。在它温良恭俭让的一生中，头一次开了咬戒，也是唯一的一次，却又是咬了不该咬的人。

这一切显然给了它极大的刺激，并极端地违反了它憨厚的本性和为人处世的原则，便成天钻在床下不肯出来。我猜想，可能还有这样一个委屈烦恼着它：为什么先生的千金不帮衬它，反倒帮衬那只外来的猫？这更说明它是没娘的孩子对不对？

我回国将它接回家后，它还是一副寄人篱下、无家可归的样子，自虐地钻藏在阴暗的角落，足足一个多月，精神才恢复正常。

先生的千金很客气地对我说："这猫老了，脾气变得特别怪。"

我只能连连地对不起，余则含糊其词地喏喏。我想，如果我再"有则改之，无则加勉"地表示同意，它就更委屈了。尽管它不在场，尽管它不懂人的语言。

再说,先生要是重视我的吁请,这一切也就不会发生了。

但我继而又想,这不是对先生的苛求吗?谁让我把它撒手一丢就远走高飞?我自己不尽责,又有什么权力要求他人为我尽责?

妈走以后我才知道,人是可以老的,不但人可以老,猫也是可以老的。我们的猫咪也老了,这场病后,它又老了许多。

今年,它已经十一岁了,过了十月,就该往十二岁上数了。

猫一到这个岁数,就是老猫了。

我真怕,怕它会走在我的前头。

谁都会离开这个世界,那日子说远也远,说近也近,不过一眨眼之间。想到这里,我就忍不住对它垂泪。

可它走在我后头也不行,谁能像我这样悉心照料它,更不要说给它安排一个长眠的地方。

让我操心的事还真不少……

它要是会说话,或也属于一个什么单位,自然就轮不到我来操心这些事了。

我常常站在窗前搜寻,终于看准路边草地上的一棵白蜡树,那棵树正对着我卧室的窗口,或许它将来可以睡在那里,等我老到走不动的时候,不用出门,一眼就能看见它在哪儿。不过那里经常浇灌,我想它一定会感到湿冷……最好是有人帮我寻着猫死后也能火化的地方,那它就不必睡在白蜡树底下,而是待在家里。

我也特意留下九月十九号的《北京晚报》,因为上面载有北京市殡仪馆推出的、几个可供选择的陵园。我想,早晚有一天,妈的骨灰再不能和我一起住在我的卧室里,我都没有了,又何谈我的卧室?我得及早为她寻找一个好些的去处,等到我也归西的时候,连猫咪一起搬过去。

我们就齐了。

再过十天,就是妈逝世两周年的日子,权将此文作为我对她的悼念。

被小狗咬记

代蒙是一只狗的名字。

它是四十多年前别人送给母亲的一只叭儿狗。

这只狗肯定死了,死了几十年了。它在我们家只生活了很短的一段时间,因为母亲的工作有所调动,我们得从居住了很久的镇子,搬迁到另一个城市,不得不把它扔下。

与它同时我们还养了一只大柴狗,叫做小黑,在搬离那个小镇的时候,也一并扔下了。

当时的生活十分简陋,简陋的生活严重地影响了我们的想象力,竟想不到可以带着它们一起乘火车,一同搬迁到另一个城市去。

再说那个时代,也没有为动物准备的车船机票,不扔下又能如何?

代蒙在我们离开那个镇子前就给了人。它太弱小了,对于自己的命运,没有多少独立思考的精神,给了人也就给了人,只好安于那个新的、也许更好、也许更不好的生活。

小黑就没有那么安命,还老是回到旧主人的家中,以为会感动我们,从而改变它的命运。它不明白,跟着我们又有什么好?也不明白,恋旧是一种落伍的古典情结,它将为此付出代价,也会让别人为此付出代价。

我们走的那一天,它更是痴情地追撵着我们搭乘的火车,可是火车越开越快,小黑也越落越远。眼睁睁地瞅着把一生忠诚相许、贫病相依的主人,最终消逝在目极的远方。

最后它不得不停下脚步,不得不放弃这力量悬殊的较量,垂头伫立在荒原上。黄土地上的小黑,会不会伤感呢?

直到现在,每当我想起那时的生活,往事在我心中氤氲般地聚散,而有关小黑的回忆,总会渐渐聚拢成一个剪影,衬托着空蒙的夜色,固执而突兀地站在暮色四合的荒原上。

母亲为此流了很多泪。多少年后,一旦提起这个话题,还是旧情难忘。

一九九一年我也有了一只小狗,立刻为它命名"代蒙"。

它在我百无聊赖时来到,像是有谁特意安排它来治疗我陷入危机的心。

那年冬季的一天,我在新文化街某个汽车站等候朋友,一位先生抱着刚离娘胎的它走过。我见它的皮毛油光可鉴,色泽也好,更因为我恰好站在那里,不但无事可干也无事可想。

哪怕有一点心气儿,其实还有许多事情可想,可我什么也想不下去,而且面对这种状况束手无策……一个人要是到了连想点什么都不愿意想的地步,就快没救了。

这么说,我还得感谢那位路过的先生,哪怕只是那么一小会儿,让我有所旁顾——百无聊赖中,我多事地问那位先生:"请问您这只小狗,是在什么地方买的?"

那位先生好脾气地笑而不答。

要是他能痛快地告诉我,我也许就罢手了。但我接着问:"要下就肯定下了不止一只,而是一窝。您能告诉我是在哪儿买的吗?我也想买一只。"

也许见我盯得太紧,他成人之美地说:"你想要就给你吧,我正找不到商店给它买奶瓶、奶嘴儿呢。"

结果我们以四十元成交。

就像小说里的伏笔,他给我留了一张名片。

把这只眼睛还没睁开的小狗揣进怀里后,我就开始找商店。一转身,商店就在身后,且卖奶嘴儿和奶瓶。

它一定早就饿了,碰上奶嘴就迫不及待地吮吸。

本以为喂养小狗是件很容易的事,没想到它连这个本能也没有,一吸奶嘴就呛得咳喘不已,急得我满头是汗。

等它好不容易学会了吮吸奶嘴,立刻显出一副贪婪之相。没等这一嘴牛奶咽下,就吞进另一嘴,它就是再长一个大嘴巴,恐怕也难以盛下那许多牛奶。

过剩的牛奶只得另寻出路,如喷泉般地从它鼻孔里嗞嗞地往外冒。不一会儿,它的肚围就胀得横起来,真让我担心那肚子会不会爆炸。

我开始猜想,这大概是一条劣种狗,和母亲留下的猫真是没法相比,便对它有了最初的嫌恶。

此后,母亲留下的猫,和这只还没睁开眼睛的小狗,成了我最挂心的事,或者不如说是成全了我。我那什么也不愿意想的日子似乎过得容易多了,至少有了事情可想、可做,比如为代蒙焦急,怕它饿着,也怕它呛着等等。

自到我家,代蒙就没完没了地生病。

先生说,一切麻烦都是我"自找"。其实人世间的麻烦,有几件不是自找?

代蒙还不会走路,所以经常躺在窝里,我又没养狗,特别是婴儿狗的经验,根本想不到经常为它替换铺垫,于是它的肚皮上便长了湿疹。

长湿疹是很不舒服的事,也很难痊愈。

为保持它肚皮的干燥和清洁,每次大小解后我都为它清洗。由于它的饮食还是牛奶,所以排尿很勤,每天洗个没完没了,还得不停地为它涂抹各种药物,可是都不管用,最后还是一种民间小药治好了它的湿疹⋯⋯

好不容易会走、会吃半流质的食物,先生不但不再指责我"一切麻烦都是你自找",反倒对它有了兴趣,不知轻重地喂它烙饼,结果它又消化不良,拉起了肚子。

于是又开始为它治疗消化不良的毛病,乳酶生、酵母片吃了不少。它很爱吃酵母片,只要我拿起酵母片的盒子、一听到酵母片在盒子里滚动的声响,它就快速地摇动尾巴。

自它断奶,学会走路满地乱跑后,就开始随地大小便。

这种坏习惯一旦形成就很难改变。它也为此也挨了不少揍,可就是改不过来。我只得每天跟在它后面,清理被它污秽的地面。

………………

怕它待在家里寂寞,清晨去公园时,顺便带它去看看外面的世界。

但它极懒,走几步就让我抱着。如果不抱,它就蹲坐在原地尖声哀嚎,在幽深的公园里,那哀嚎腔调老练、长短起伏。

我奇怪一只狗为什么不做狗吠而做哀嚎,也没想到,那么小的一只狗,会发出那样嘹亮、哀婉的尖嚎。

它一面尖嚎,一面斜着眼睛观察人们的动静。闹得在公园里练功的人,全都责怪地瞧着我,不知我怎样虐待了这样一只可怜而又可爱的小狗。他们都很喜欢它,我想,这大半是因为,它能吠出与自己身躯很不相称的、令人深感意外的尖嚎。

可是一到回程,它就在我前面跑得飞快。

突然它就安静下来,我正在猜想,为什么不再演示它的尖声哀嚎?原来它在公园里开发了新的项目。

尽管出门前它在家里吃了个肚儿圆,到了公园,还是在地上拱来拱去地刨野食。

所谓干干净净的天坛公园,不过是在有目共睹的地方。尽南边的松林里,不但有游人遗弃的各种垃圾,角落里还有游人的"遗矢"。这恐怕就是代蒙对演示"尖声哀嚎"恋情别移,一到天坛公园南墙,就大为兴奋的原因。

/ 079 /

直到有一次我发现它在大啖不知哪位先生或女士的"遗矢",才明白它不再热衷演示的原因,确信"狗改不了吃屎"果然是一句至理名言,更明白了不能像信赖一位绅士那样信赖它,尽管叫了"代蒙"也白搭。

后来有人对我说,人倒不一定讲出身,狗却要实打实地讲出身。出身名门的狗,绝对不会吃屎,也不会随地大小便。所以在西方,经营狗业的人,必须向买主出示有关狗的出身证明,上溯八代都是纯种,龙是八代真龙,凤是八代真凤。像赵高那样指鹿为马的事,也只能出在秦朝。

不久便出了大问题。

代蒙有了寄生虫,仅一天时间,就排出二十多条。很快它就蔫了,头也垂了,耳朵也耷拉了……这肯定是来自天坛公园的馈赠,除此,代蒙别无接触寄生虫的途径。

查了医书,知道代蒙在天坛公园染上的寄生虫是圆线虫,正是寄生虫里比较顽固的一种。马上买了中美史克"肠虫清",按照说明书上的用法,一日两粒,连服三天。

服药后的第二天,它就开始排虫,大约排了近一百条。简直让人无法想象,它那小小的肚子里,竟然装了那许多虫。

在天坛公园随地"遗矢"的先生、女士,如此扩散他们肚子里的虫子,是不是很无公德?

虫子是打下来了,代蒙也快死了,大概是服药过量。

不过两天时间,它就变得轻飘飘的,捧在手里就像捧了一片羽毛,和前几天的肥头大耳,判若两狗。心脏跳动很弱,四肢冰凉。

而且一改从前的贪吃,不要说贪吃,连水都不喝了。

赶紧抱它上医院。医生说，代蒙恐怕不行了。在我的请求下，医生给它打了四种针，又拿了不少内服药。

给它打针的时候，它连哼都不会哼了。不像在医院同时就诊的那些狗，每打一针就汪汪不止。

医生说，这些针剂，每天需要注射两次，每次四种。

我们家离兽医院很远，每天跑两次医院很不现实，只好把针剂带回家，由我给它注射。我会给自己打针，却不敢给别人或别狗打针，可是不打针代蒙就没救了，只好硬着头皮干。

就是这样，虫子照样拉，真是虫入膏肓。除了拉虫子还吐黄水，我猜想那是它的胆汁，它已经几天不吃不喝，除了胆汁还有什么可吐？

我把它包裹在一件旧毛衣里。毛衣上粘满了它的呕吐物，连它身上也粘满自己吐出的黏液。厕所里满是酸腐的臭气，可我不敢给它洗澡，怕再给它添病。

它了无生气，一动不动、奄奄一息地趴在地上。除非我叫它，才缓缓地摇摇尾巴，后来连尾巴也不摇了。眼睛里没有了一丝光亮，那是濒临死亡的状态。

有一天更是爬到马桶旁边，伸直四条腿，任凭我怎么叫它也不睁眼了。我一摸，全身没有了一点热气，便抱着它大哭起来，大声呼喊着："代蒙！代蒙！"它这才醒了过来。

后来小阿姨说，全是我这一叫才把它的魂招回来了。就在那天晚上，它站了起来，向我摇了摇尾巴后，开始喝葡萄糖水。

小阿姨说，有救了。

从此果然渐渐好了起来。

从此再不敢带它去公园,即便出去,也给它带着套圈,死死掌控着它的一言一行。

为增强它病后的体质,我很注意它的营养。这一来把它惯坏了,除了肉骨头,从此什么都不吃。不但如此,还要挑选肉的种类,比如爱吃鸡肉,不爱吃牛肉,至于肉拌饭,简直不屑一顾。

我们家的猫也馋,极爱吃鱼,可是掺了饭的鱼也吃,不像这位代蒙,除了肉什么都不吃。

这一来,喂养代蒙就成了一件费心的事。就是我自己,也不是每天都有鸡吃。于是逢到有人赏饭,便将宴席上的剩菜收敛一空,带回家来分期分批地赏给代蒙。

经过这一通猛补,代蒙迅速地显出了原形。它根本不像卖主所说的玩赏狗,而是一条货真价实的柴狗。

本以为这样待它,它定会好好回报我,没想到一见肉骨头,就翻脸不认人。

每当享用"大餐"时,只见它的两只前爪,死死环抱着装有肉骨头的食碗,此时谁只要经过那只碗,更不要说碰一碰那只碗,代蒙就龇出狼一般的牙齿,吠出极其凶恶的狗声。

那一天,它把骨头拱了满地。我用脚把骨头敛了敛,它上来就给我一口,我的脚马上见血。

我开始怀疑广为流传的"狗是忠臣,猫是奸臣"的说法。至少就我个人的经验来说,不是这么回事。

母亲留下的猫,简直像是代她忠守爱护我的职责,我在《幸亏还有它》的两万文字里,也没写尽它对我的关爱和它的儒雅。

真是旧梦难寻,此代蒙亦非彼代蒙也。

小阿姨说我必须快去注射狂犬疫苗。

马上给隔壁的急救中心打电话,他们说,急救中心没有这项服务,让我到防疫站去,并告诉了我防疫站的电话号码。

接着给这个防疫站打电话,打听该防疫站的具体方位:"对不起,请问……"

一位男士说:"有什么事快说,少废话,我这儿还有事呢……"

不过他最后还是把防疫站的地址告诉了我。

不敢耽搁地赶到防疫站。有位女士问道:"你有养狗证吗?"

正在托一位同志帮忙代办,一时还没有回音,本来就是托人办事,怎好频频催问。

她没说不给我注射狂犬疫苗,她只说:"先去办养狗证吧,等办来养狗证就给你打。"

办"养狗证"容易吗,如果容易我还托人走后门干吗?!

就算我是北京天字第一号的人物,这个手续没有一天也办不下来。如果等办下来再注射狂犬疫苗,N个狂犬病也得上了。

我说:"这怎么可能,我哪有那么大本事今天办好这个手续?要是小狗真有狂犬病毒,今天注射不了狂犬疫苗,我不就完蛋了?"

又一位女士说:"今天不办公,你没看我们这儿发大水?"我一看,果然是暖气漏水,水漫金山的形势。

我低声下气地说:"我帮您收拾还不行吗?"

"你会修暖气?"

"我不会修,但我可以帮您扫水。"

"我们得对你进行教育。"

"我接受您的教育。教育完了您也得给我个出路,对不对,您总不能眼看着我得狂犬病吧?"

一位女士终于坐下给我开药了。

"姓名……"

"职业……"

我毕恭毕敬地做了回答。到了"职业"这里,她的口气更加严厉起来,"噢,你还算个斯文的人哪,怎么干出这种事来!"

"这种事!"我干了什么事?

她一面给我开药,一面说,就是打针也不一定免除狂犬病的可能。而且一反方才的不耐烦,绘声绘色地向我描绘起狂犬病的痛苦,以及无法救治的死亡后果。

"自己找地方打针去,我们今天没法工作。"她说。

"是,是。"我感恩戴德,鞠躬如仪,甚至动情地想,中国的事情就是这样,看起来很难办、很严重的事,三弄两弄就是柳暗花明又一村,让你绝处逢生。再怎么说,中国人还是很有人情味的。

五针疫苗五十多块,日后验血费三十块,共八十多块。时为一九九一年,这五针疫苗和验血费的价码,在当时可不算便宜。

但我没敢多问,有位女士说了,你养得起就花得起。我那代蒙并非名种,不过四十块钱买来的柴狗而已。而且我怎能得寸进尺再谈贵贱,人家卖给我疫苗已是极大恩惠。

我抱着那一盒针剂,回想着女士们对我的教育,没脸没皮、笑眯眯地走出了防疫站。

为我打针的医院说,这种针剂不过一块多钱一支,且这五针狂犬疫苗里,已有浑浊的悬浮物,问我还打不打。

我怎能将这来之不易的狂犬疫苗作废?再说,如果这些针剂果然问题严重,即便我赖皮赖脸,防疫站也是不能出售的,对不对?

咬咬牙说:"打!"

结果我的胳膊红肿化脓,不知这是狂犬病毒的反应,还是疫苗已经变质的缘故,只好停打。对照给我开药的那位女士关于狂犬病状的介绍,我还没有出现她所描述的异常。

给了我一口的代蒙,却像没事儿人一样,每天晚上洗过澡后,整个房间里一通疯跑。

它跑起来的样子很好玩,两只耳朵贴在脑袋两边,圆滚滚的身子,活像一个有灵性的肉球,在屋子里滚来滚去。

但我还是找出它旧主人的名片,按照上面的电话和地址,把它还了回去。我叮嘱他说,我已经给代蒙打过一次疫苗,请他严格按间隔时间继续。

倒不是嫌弃它贪婪,下作,狗性不好,无情又无义……我怎能这样过分地要求一只狗,就是人又怎样?

而是因为它太作践母亲留下的猫。

母亲留下的猫不但老了,且连连生病。代蒙却正值青春年少,风华正茂。每天撵着老猫撕咬(当然不是真咬)、戏耍,老猫开始还能逃避,后来病得跑都跑不动了,只好躺在地上,任代蒙随意作践。

再说老猫如厕也发生了困难,代蒙整天像个足球守门员似的守在厕所门口,只要老猫想进厕所,它就像守门员似的一个蹿跳,救球似的抓住老猫。开始老猫还能跃过代蒙的扑抓,后来也就渐渐不支。

而猫是很有规矩的,不论病得多重,也不随地大小便,比那些"遗矢"天坛公园的先生、女士还有公德,可以想见老猫不能文明如厕的苦恼。

特别老猫病重后经常呕吐,它不得不吐在厕外,我看出老猫为此多么的羞愧。

代蒙也破坏了我和老猫之间的那份温馨。以前,每当我回到家来,老猫听到我开门的声音,就等在门后迎接。待我进得门来,它总是一面深情地望着我,一面在地上打几个滚儿,表示见到我的喜悦。平时也会不时跳上我的膝头,温存一番。

自从代蒙来到我家,我每每回到家里,就让代蒙包了圆。它的包圆儿是垄断性的,且水泄不通。快速摇动的尾巴,如"功夫"高手设的一道屏障。

老猫只能远远地蹲在一边,无法靠近。我看出老猫的悲哀,便对代蒙的垄断、包圆儿心生厌烦……

把代蒙送走后,我自作多情地以为它一定茶饭不思,到处找我。便打电话给它的旧主人打探情况,他说,代蒙过得很好,满地快乐地奔跑。

接着他又问我:"它好像喜欢吃鸡肉?"那正是春节前夕,家家不缺美食。

"是的。"我说。

"我要给它纠正过来。"他斩钉截铁而又自信地说。

我不大相信,又非常相信。反正在我这里很成问题的问题,到了别人那里都不成问题。

虽然旧梦难寻,此代蒙亦非彼代蒙,打完电话,我还是有些失意,好像这不是我所期待的。

难道我想听到代蒙在痛哭流涕?

可代蒙为什么要痛哭流涕,要是代蒙能够永远欢笑,不是更好?

哭我的"老儿子"

我又梦见了它。

那是什么地方？好像是，又好像不是我们在美国 Wesleyan 大学的家。

我坐在山坡上，它从山坡下一个"之"字形的弯道转上来，远远地，眼睛就定定地看着我，向我慢慢走来，并在我面前不远的地方蹲下。左边那只耳朵竖着，右边那只耳朵还像过去那样，好事地朝向斜下方，注意着来自那个方向的动静。可它的眼睛始终没有离开过我，里面充满着对我的担忧和思念，好像知道我想它想得不行。

今天，它离开我整整一个月了。这一个月里，我常常梦见它，更不要说我一直感到它还在我的房子里走来走去，特别是从前厅走到书房，站在拐角那儿，歪着小脑袋瞅着我。不过不是老来的龙钟模样，而是青春年少,矫健清明。

梦里我老是搞不清,我们是在美国 Wesleyan 大学的那个家,还是在北京这个家。

它还像过去那样,用爪子扒开纱门,一下就蹿出去老远。外面正是芳草遍地、蜂蝶翻飞、鲜花盛开……只是屋外的树林不知为何移向远处。可惜在梦里,我看见的只是草木苍白、孱弱的绿,和泥土冷僻的灰褐;

或是我不经意间从卧室出来,却意外地发现它卧在客厅地板上,安详地看着我,好像从未离开过我。我甚至觉得它不过刚刚睡了一个小觉,打完一个哈欠;

有时它也会回到北京这个家,像临死前的那天早上,艰难地向我那张矮床爬去……

五月九号那天一早,它又惨烈地嚎叫起来。我对小芹说:"咪咪又要吐了。"跟着就是喷射性的呕吐。它的小舌头长长地拖在嘴外,缺氧似的变得绛紫,全身的毛也乍了起来。

果然,真不能想象它的小身子里还有那么多水分,距五号那次喷射性的呕吐不过四天,这两次呕吐,几乎把它身体里的水分都吐光了,何况它自回到北京后,基本上没吃没喝。

自它生病以来,吐的次数不少,但从没有这样的大吐,而五月九号的这次呕吐,更是把它的元气都泄光了。四天前那次喷射性的呕吐后,它还能走呢,虽然脚步飘浮歪斜,但毕竟还能走。这一次不要说走,就连站起来也是不能的了,只能用四条腿蹭着地面,离开它面前的那堆呕吐物。

它蹲在地上,剧烈地喘息着,小肚子也随着它的喘息,剧烈地呼扇着,让我恨不能替它忍受这病痛的折磨。

病痛对我算不了什么,自小生活在极其艰难的环境中,感情也许脆弱,却训练出极强的承受皮肉之苦的耐力。除了闭紧眼睛、房门关死、一声不哼地躺着,没有特别的待遇。

曾经与我至亲至爱多年的人,何曾听我诉说过病痛之苦,要求过特殊的照顾?也就难怪除母亲之外,一生从未受过他人的疼爱娇宠。至于身手矫健的时日,更是冲锋在前,风来了我是树,雨来了我是伞,饿了我是面包,渴了我是水……整个一个包打天下的"贱"命!

等那阵喘息平息下来,它才摇摇晃晃地走到我的床前,想要钻进我的被窝——那是它最感安全的地方。可是它已经没有一点力气,带动它那已然轻如一叶的身体,它不得不放弃纵身腾跃,艰难地向床上爬去。

一个原是龙腾虎跃、兽中之王的后代,突然连一张矮床都跃不上去了,该是何等的悲惨。

我只好把它抱上床,给它盖好被子。

之后,我不时掀看被子,查看一下它的情况,可是它的喉咙里发出了低沉、痛苦、烦躁的咆哮,这是我们相处一世也未曾有过的。

当我呼唤"咪咪"的时候,它也不能像过去那样,摇着尾巴答应我了。

大概从二月开始,它就病了。带它去医院看眼疾的时候,我就对医生说,它没有食欲、没有玩兴、怕光……可是那位美丽的女大夫在听过它的心脏之后说,它的身体很健康。

心脏健康,不等于其他器官同样的健康,是不是?

可我总是那么相信医生。

进入老年以后,它很独立,像人老之后一样,越来越孤僻、越来越喜欢独处。可自从这些病症出现后,它非常依恋我,我走到哪里,它就跟到哪里,还常常跳上我的膝头,让我抱着它打个小盹。

三月中旬开始,它基本上不吃食了,但喝很多的水、排很多的尿,并开始少量的呕吐。起始它的呕吐很安静,我只是在它的便盆里发现过不像粪便的粘结物,后来才明白那是它的呕吐物。

随着病情的恶化,它的呕吐它越来越严重。每次呕吐前,都会痛苦地号叫,即便如此,它也会跳进自己的便盆呕吐,而不是随便吐在地板上。只是在回到北京,买不到供猫使用的沙石后,才吐在地上。它是太好强、太自爱了,正是我母亲调教出来的猫。

这时我才明白,它之所以那样号叫,是因为病痛,而不是因为我不让它到外面玩耍的缘故。

离开美国前的两三个月,我就不放它到树林里去玩了,我得让它适应回国后的生活。我知道这很残忍,可是不残忍怎么行?等它回到北京,就会懂得这一举措的实际意义。

我也以为它不吃东西是闹情绪,与不让它到树林子里玩耍有关,就给它吃它最爱的鱼和牛肉。开始它还能吃一些,到了后来连这些也不吃了,体重下降得厉害,于是四月一号再带它去医院。

这次我换了一个大夫,听过我的叙述后,Dr. Brothers 说,咪咪可能是肾功能衰竭。它不吃食只喝水并且多尿,就是在自行调理、清洗肾脏里的毒。但它需要留下做更详细的检查,以便确诊。

这时 Dr. Brothers 注意地看了我一眼,我想他一定看出了这番话对

/ 091 /

我的影响,在以后的接触中,我更体会到 Dr.Brothers 是个善解人意的好大夫。

只好把咪咪留下,满怀不祥之感独自回家。母亲过世后,我对生命,而不是死亡充满了恐惧。

走过每日回家必经的树林子,这才发现树林子的荒芜。其实它从来就很荒芜,现在依旧荒芜,可那荒芜因了咪咪已经不同。

老而荒芜的树们,可能再也看不到那个在它们膝下恣意奔腾、雀跃的小白猫了。它们将重新归于沉寂,或在风中吟唱自己已然听腻的老歌。

老而荒芜的树们,能不能理解我的咪咪,活了十二年才初见大自然的那份非同寻常的狂喜?

而我也再不能一声轻唤,哪怕它在树林深处,也立刻像一匹小马那样,刷啦、刷啦地跃过树林里的灌木丛和落叶,不顾一切地向它的老妈妈扑奔过来,生怕我会从它眼前消失似的,老远老远,就盯牢了我。

我的脚步惊动了正在房屋周围觅食的松鼠和枝头上啁啾的小鸟。它们可能就要失去那个可爱而又憨朴的玩伴了,尤其是鸟们,还有谁能像咪咪那样,随它们任意调侃?当它匍匐在地想要伺机以捕,而又不能如愿以偿,只好沮丧地躺在地上,承认自己的无奈时,不正是它们得以在咪咪头上低低地掠来掠去,蹲在咪咪头顶的树枝上,吱吱乱叫地引逗它?

而我屋前的草地上,当太阳明媚照耀的时候,再也不会有只小白猫,在上面翻滚、舒展它的筋骨了。

也再不会有一只小白猫,守在房子周围的草丛里,耐心地等着抓一只耗子,然后不知如何是好地把逮着的耗子叼在嘴里跑来跑去,最后叼到我的面前让我处理。它真是一只奇怪的猫,从来不知耗子是猫的佳肴。

渐渐走近了家门,门前的小阳台上,已经没有等我归来的老儿子。每当我刚刚拐进通向家门的小路,远远地,它就听出我的脚步,早早地就从铺在阳台上的小毯子上站起来,一面看着越走越近的我,一面舒服地伸着懒腰,然后走到纱门前,两只前爪搭在纱门上,等我拿钥匙开锁。

我拿出钥匙,打开房门,门后已经没有无论何时都在等我归来的猫儿子,从卧室里跑出来迎接我,歪着它的小脑袋。

屋子突然变得空旷、没了生气,样样物件像是尘封已久,甚至还有一种久已未沾活气的霉味儿。

颓然地在沙发上坐下,眼睛不由得落在地毯上。就是昨天晚上,咪咪还躺在上面,一面打滚儿、一面望着我,表示见我回到家里的喜悦。

....

下午,再到医院去接咪咪。

Dr.Brothers 说,咪咪太老了,它的两肾都已衰竭,有四分之三不能工作、无法起到解毒的作用,因此它血液里积累的毒素,高到仪器已经无法解读。又由于两周多不好好进食,身体非常虚弱。他说,有些猫到了这种地步还能接受治疗,有些猫根本就不能接受治疗。不过就是能接受治疗,往好里说,顶多可以争取到一年的时间,也许更少。他不知咪咪的

/ 093 /

情况如何，但他可以试试，今天他们已经为它做了初步的治疗，希望咪咪的情况能有好转，如果咪咪属于那种不接受治疗的猫，也就无计可施了。

当时我并没有哭泣，毕竟我是近六十岁的人了。我是在回家之后，才返老还童地放声号啕。

咪咪可不就是唯一能守在我跟前的亲人了吗？它要是没了，我还有谁呢？

回到家后，咪咪就趴在床上不能动了，小眼睛眯眯着，眼圈红红的，一副病入膏肓的样子。

由于抽血、输液的需要，脖子上被医生剃去大片毛发，看上去像是缺了一块脖子，更显病残，身上的毛发也零乱一团，失去了原有的光泽。

这一天我并没有做什么，却精疲力竭，早早地上了床。咪咪像没有了呼吸似的躺在我的臂弯里，我轻轻摩挲着怀里那一团柔软的温暖……母亲去世后，正是这一小团柔软的温暖，伴我度过了四年多孤苦伶仃的夜晚，耐心地倾听着我由着性儿的哭泣……有什么能像这一小团温暖，将我的伤痛消解，并将来自另一个世界的母亲的爱，传递、覆盖到我的全身？

四年半，差不多是一千五百多个日夜。

我把脸庞贴在它的小身子上，我的老泪湿润了它蓬乱的毛发，就着我的眼泪，我将它的毛发一一捋顺了。

此后，到了钟点，谁还能催我安睡？

一过晚上十点,咪咪就会颠颠地跑到我的身旁,叫个不停。如果我还在电脑上操作不已,它的小爪子就会搭到我的腿上,推推我,或是跳上桌子,在我的电脑上走来走去。就是现在,偶尔,电脑里还会冒出一根它身上掉下的白毛……让我备感"物是人非"的惨伤。

我只好关机,去洗一天用过的碗盏。它蹲在厨房和卧室间的过道上,一动不动地看我刷碗。等我刷完最后一个碗,并在毛巾上擦手的时候,就一扭一扭地走进卧室,跳上床。等我也上了床,它就蹲在我的胸口,在我的脸上嗅来嗅去,并细细查看我的面庞,似乎在确认这一天里,我是否安然无恙。然后找一个舒服的姿势,在我胸口上睡它的头觉,而后换到我的枕上或脚下,睡它剩下的觉。

到了清晨,谁还能在六点多钟,对着我的脸喵喵地叫?要是我还不醒来,它就会用小爪子不停地挠我的脸、我的鼻子,或扒拉我露在被子外面的胳膊,并细心地把爪尖藏在肉垫里,免得抓伤了我。

更让我不敢想的是,要是我再磕伤、碰伤,或是生了病,谁还能像它那样,焦急地在我身旁跑前跑后、嗷嗷地哀叫?

要是再有人欺负我、对我大吼大叫,谁还能像它那样,即便在病中也会奋勇地冲上前去,奓起全身的毛,对那人龇牙咧嘴地咆哮……

想不到母亲过世后,又开始了跑医院的日子。

每隔一天,就要到医院给咪咪输一大瓶生理食盐水,用以清洗它的肾。

每每注射过生理食盐水,它的小身子,肿得就像那个塑料充气的加菲猫,这陡然增加的重量,让它寸步难行。

以至它一听见小苗接送我们的汽车在屋外停下,听见她开关车门的声音,就开始发抖,连耳朵都抖得像是风中的四叶草。它的小身子紧紧地贴着我,使劲把脑袋扎进我的胳肢窝或是脖子下。

我只得狠下心,不管不顾往医院里去。边走边对它说,忍一忍,忍一忍,这是为你好啊。

可是它能懂吗?

它一定想,我太负心于它了。当我受到伤害时,它怎样待我?而今它病成这个样子,我却三天两头把它送到那样一个可怕的地方,折磨它、抓它、往它身上扎针、往它身体里打水、让它吸进令它昏迷的气体……

几天后,大夫说咪咪需要再查一次血,以便了解经过这些天的治疗,血液里的毒素是否有所下降。

从治疗室出来时,它的小舌头又紫了,并且长长地拖在嘴外。我心疼地抱起瘫软无力、任人摆布的咪咪……它仰着小脑袋靠在我的臂弯里,好像在问:这一切果真能救我吗?

我又怎么回答它?

每次医院之行,都是一次痛苦不堪、不知对我还是对它的"蒙骗",而我又不能不相信这"蒙骗"。我不容自己往深里想……现在,不是就剩下这棵救命草了吗?

可是祸不单行,医院里的仪器坏了,他们不得不把咪咪的血,送到纽约去测试。

我怀着焦虑和不安,期望着这一次检查,能带给我一个好消息。等了两天没有动静,不得不打电话询问大夫,他非常抱歉地说,咪咪的血被纽约方面丢失了,需要再为它抽一次血。

我可怜的老儿子,我不知道该埋怨谁,就是有人可埋怨,我不是还得让病重的咪咪,再受一次不该受的罪?

突然护士叫我到治疗室去,我的脸色立刻大变。她对我说,放心,咪咪没什么问题,只不过我们需要你的帮助。原来咪咪似乎发了疯,尽管为它抽血时用了麻醉剂,可是抽完血后,大夫却不能再近其身,无法将它抱出治疗室交还给我。

咪咪簌簌地靠墙蹲着,并没有发出野性的咆哮,可是护士和大夫都不敢近前,只是站在远远的地方看着它。

我轻声叫道:"咪咪,咪咪。"

它不像过去那样,每每听见我的呼唤就向我奔来,但当我走去抱它的时候,它像走失的孩子终于找到妈妈,乖乖让我抱起了它。

我向医生建议,以后再给它注射生理盐水,可否由我抱着它?

医生接受了我的建议,再也没有把它弄到治疗室,五花大绑地捆着它。它躺在我的怀里,安静地接受注射,不再死命地挣扎,只在医生进针的时候不满地哼哼几声。

不幸的是,它血液里的毒素虽然下降到四点多,但并没有像大夫希望的那样降到三以下,大夫暗示我应该让它安乐死了。

我问大夫,如果是他的猫他将怎样做。他说,咪咪现在看上去还好,如果问它自己,它当然不愿意现在就死。

那时我还没有见过它临死前的痛苦,怎么也不能接受安乐死的建议。

每每看到它那可爱的小脸,想起它对我的种种呵护,我怎能不做最后的挣扎就让它去了?

何况还有母亲的嘱托,她临走的前一年,老是忧心地对我说,要是她去了,咪咪怎么办?

而且经过治疗,咪咪又能吃东西了,几乎恢复到病前的食量,也有了精气神儿,这难免不让我生出非分之想,以为咪咪又可渡过难关,再陪伴我几年。

我又多么不愿意我们这次美国之行,以这样伤心的结果告终:我们一起高高兴兴地来了,却剩下我一个人孤零零地回去。

我对医生说,请他尽量延长咪咪的生命。虽然我没有多少钱,更没有多少美金,但我愿意为它花掉最后一块美金。

为此,我放弃了回国前和女儿的相聚,不得不滞留在大学直到最后一刻。女儿夫妇上班后,我又不会开车,谁带我们去医院呢?而大学同事、好友小苗上班时间比较机动,可以隔天带我们去一次医院。

我不知怎样才能报答小苗对我和咪咪的这份恩情,如果没有小苗,真不知如何度过因不会开车而诸多不便的日子。小苗不仅有求必应,而且早早就为我想到,我还没说出口,或不便说出口的所思所需。

我从来没有遇到过如此非亲非故、无微不至的关照。没有。

四月,正是阳光明媚的日子,每天抱着咪咪出去晒会儿太阳,让它再看看外面的景色。它是再不可能重返这个极爱之地了,就是眼前,让它日日时时守着,又还有多少时日可守?但我不敢放它下地,它已经非常孱弱,失去了战斗力,如果放它下地,它再跑到树林对面或山后的人家去,非让别的猫咬死不可。

它自己却不干了。喉咙里总是滚动着低沉的咆哮,挣扎着要回到屋里去。可能它已经明白,它已经失去了自信和自卫的能力。只是回到屋里,又不甘地扒着纱门向外张望——那给了它无法言喻的欢乐,现在已变得可望而不可即的去处……

不管咪咪还剩有多少日子,我也决定带它回国。

买了一个四面透气,供猫儿旅行用的软包,旅途中可以一直挂在肩上,这样它就能够贴近我的身体,从而就会感到安全。

我从不用这软包带它上医院,免得它对软包产生排斥情绪或感到恐惧。

每天,我把它放在软包里,在屋子里走来走去,让它对软包有个适应。它似乎很喜欢那个软包,有时还钻进去小睡一下。我在笼子里还装上了它喜欢的一个小铜铃,一只小毛刷。

回国前两周,它吃得更多一点,饮水量和尿量几近恢复正常。当我在电脑上操作时,它又像过去那样来到我的身旁,两个小爪子趴在我的膝上,两只小眼睛定定地望着我,或是跳上桌子,在电脑上走来走去,让我无法工作。我便关上电脑,抱着它在屋子里遛来遛去,它安静地待在我的怀里,好像危险已经离我们远去。

可是半夜醒来,我老看见它卧在我的枕边,目不转睛地看着我。或是被突然惊醒,原来它在万般亲昵地轻咬或轻舔我的手指。可能它也知道自己不久于世,才这样恋恋不舍吧。

这样惊醒后,如何还能入睡?只能揪心不舍地思量,这份温馨恐怕难再。

回国前两天,我们才到女儿家告别。临走的前一个晚上,它虽然又不吃食并呕吐起来,但似乎很高兴,在客厅的地毯上,给我们打了好几个滚,就像对它的老主人、我妈妈常做的那样。

五月一号,我们走上归程。它在软包里翻来覆去,不论怎么躺,也躺不舒服,看得出它非常不适。

可在前十个小时的飞行中,即便再感不适它也没有出过一声。同座的旅客说,真没见过这样懂事的猫。到了后六个小时,它难受得再也无法坚持下去,不停地号叫,出来进去地折腾,即便我把它抱在怀里,也不能消减它的痛苦。

那六个小时,我真是数着分、数着秒熬过来的。明知手表的指针,不会因为我的焦急走得快一点,可就是忍不住频频看表。

我不停地对咪咪说,快了,咱们快到家了。

好不容易到了北京。

飞机一着地,它立刻不叫了,一直到家。

一进家门,它就直奔我的卧室,离别近两年,它还认识自己的家。

一定是这次飞行耗尽了它最后的体力,自回到北京,它几乎就没吃过东西,连水也不喝了。因为无法排尿,它在卧室和厕所之间,频频地、焦躁地来回踱步。

因为它过于虚弱,再也经不起折腾,只好恳请兽医到家里出诊。兽医院从来没有出诊的惯例,能到我家里出诊,是非同寻常的照顾。

大夫说,咪咪已经发展到尿中毒,不能再注射生理盐水为它洗肾,因为不能排尿,这会使肾脏的负担更加沉重。为了利尿、解毒、补充营养,改为注射葡萄糖。

这种注射很疼,即便由我抱着,它也不像注射生理盐水那样听任治疗。

因为没有更大的针管,不得不注射三次才能凑够剂量。注射到第三针时,它从我的手里逃了出去,我狠狠心,又把它抓了回来。它疼得实在受不了,便回过头来,在我那只紧紧抓着它的手上咬了一口。我想这一嘴肯定咬得很重,因为它的眼睛里,满是对已然不能活下去的了然、崩溃和绝望。

不,我想错了,就是到了这个地步,它也只是轻轻叼了一下我的手背。

一辈子都是如此,不论我们干了什么让它不痛快的事,它也没下狠劲儿咬过我们。

我的老儿子,为了此时此刻,你该下狠劲、却又不下狠劲咬下的这一口,我不知痛哭了多少次。

不好意思老请大夫出诊,就又开始抱着咪咪跑医院,好在现在有小芹相帮。可是谁能消解咪咪对跑医院的恐惧,以及由此造成体力、精力上的创伤?它已经到了最后关头,这不但不能挽救它,可能还更快地把它推向死亡。

最后的日子它老要我抱着它,在我的膝上小做将息,或整天躲在我的被窝里。

特别是在晚上,它常常一只小爪子扶着床沿,一只小爪子扒拉我,把我从梦中叫醒。

于是我就起身,满怀痛楚和歉疚地把它抱在怀里,在地上遛来遛去,除此我还能做什么?

它的小眼睛无助地望着我,可是没人能救它了。

自四月一日就医以来,咪咪多少受罪。我后悔地想,早知不能挽救它的生命,不如让它早早地去了,何必白受那么多罪呢。

眼看着生命一点点离它而去,我的心好疼啊!

我和它心里一清二楚,我们到了不得不应对生离死别的时刻。

它也一定舍不得离开我,可它还是去了。我好像又一次失去了妈,这次,我是最后地失去她了。

我们在等黑夜的来临,以便在夜深人静、没人干涉的情况下,给它挖个小坟。

又搜罗了家里的碎木头,找木匠给它做了一个小棺材。我用母亲在世时给它缝制的两床小被,将它包裹严实,并在它的遗体前,烧了三炷香。

它总算死在自己家里,落叶归根地埋葬在我卧室窗外,二环路旁的一棵树下。

而不是我在《幸亏还有它》那篇文章里写到的白蜡树下,因为白蜡树下经常有人刨来刨去,我担心它睡不安稳。

临走的时候我对它说:"请原谅妈妈没有办法救你,也谢谢你在姥姥走后对我的呵护,现在你去陪姥姥吧,姥姥等着你呢。"

相信它是受了母亲的嘱托。自一九九三年一月,大夫就怀疑它肾功能衰竭开始。它又坚持了三年才离开我,不是恪守母亲的嘱托又是什么？一旦知道我就要从蛊惑了二十七年的魔怔中解脱,便放心地走了。

母亲在世时没有白白疼它,它用这个最好的方式,报答了母亲的疼爱。

我不知怎样感谢咪咪的生命。

它很喜欢的、过世前几天还叼着玩的小铜铃,被我挂在了床头,和母亲留下的一个纪念物挂在了一起,只要我一抬头,就可以看见它们。

偶尔,深夜,听见游荡的猫,难分难解的撕咬、号叫,分明地让我想起我那老儿子在世的日子,可我再也不会喂养另一只猫了。

不过几天,掩埋咪咪的那片地上已经长出了青草。每每经过那里,我常常驻足,凝视着那片青草,好像重与咪咪相见;或半夜三更爬起来,站在卧室窗前,遥望那片已然将咪咪覆盖得无影无踪的青草。

我还要一封信给 Dr.Brothers,告诉他咪咪已经长眠在一片青草之下,并再次感谢他仁慈的帮助。

第二辑 我那风姿绰约的夜晚

"我最喜欢的是这张餐桌"

在威斯林大学任教期间,经常接到英格的电话,约我们到他们那里去度周末。从威斯林大学到阿瑟·米勒的庄园,开车不到一个小时,算是很近的了。

而在我们相识的初期,来往并不密切。一九八四年九月号香港 *The Asiaweek Literary Review* 杂志,曾发表过一段阿瑟关于我的谈话:"张洁的书如同其人,正直不阿。她的目光始终在洞察阴暗的角落。我很喜欢她,但是很难和她接近。"

这样的评语,随着我们的日渐熟悉,更新了很多。而后来的我,对洞察阴暗的角落越来越没有兴趣,没有改变的,依然是"很难接近"——对许多人来说。而且愈演愈烈,几乎到了"不可接近"的地步。

阿瑟的庄园没有围栏,四通八达,无论从哪一个方向,都可自由出入。问题是一旦进入这个"领地",主人立刻就会知道。不论阿瑟是在山坡上的小屋里写作，还是在木工房里干木工活；或英格在她那尊炮楼一样的房子里洗印她的作品。原来各处都设有监听装置。

英格是摄影艺术家，颇具语言天才，能操多种语言，除母语之外（英格是奥地利人），西班牙语、法语、俄语等等全都在行，竟然还会说些汉语。阿瑟瞪着两只眼睛，迷迷瞪瞪地说："和她到各个国家旅行，不论什么语言她都能说，简直像变魔术。"

自二〇〇二年英格去世后，我不再拜访他们，不论多么小心，都会是伤心之旅。从来不觉空旷的那处庄园、树林之外，平添了一个无边无际、顶天立地到无法弥补的空洞。而我们也越来越老，这样一个空洞对老去的人来说，是相当恐怖的。

我们径直走进客厅。

首先出来迎接我们的是感情过剩的劳拉。它把两只前爪搭在我们肩上，一面激动地喘息，一面凑上它的腥嘴，用满是唾液的舌头，在我们脸上一通猛舔。我老担心它会不会兴奋过头，不由自主地在我们脸上咬一口。最后终于明白我们造访的不是它，它便躺在我们的身边，发出呜呜的埋怨。

不过它的失落并不长久。劳拉是个没心没肺的姑娘，很快就会忘掉我们的冷落，被屋外的一只鸟或一只蝴蝶吸引，而且镇子里那只爱串门的狗，一会儿就会准时来到。

劳拉对它的欢迎，自然要比对我们的欢迎更加疯狂。对劳拉来说，它虽然老了一点，但毕竟是异性。"放之四海而皆准"的真理，可能是多数理论家的追求，可惜能达到目标的不多，弗洛伊德却是无心栽柳柳成荫。

它和劳拉面对面地蹲着,就跟人们坐在沙发上聊天一样。不过劳拉对聊天的兴趣不大,一会儿就会跳起来,撩逗对方跟它到林子里去疯跑。人家毕竟是位绅士,头脑非常冷静,也许会和劳拉到树林子里跑上一会儿,但不多留,待够半个小时一定告辞。阿瑟认为它有一种非常自觉的责任感,每天一定要把镇上发生的事传达落实到每一只狗头。

随后才是阿瑟·米勒或英格的迎接。

一九八六年以后,我们再也没有见过面,如果不是在威斯林大学任教,还不知要等到何时才能再见。

当阿瑟从山坡上那栋写作小屋走下来的时候,我看见他的腿脚更不好使了,这并不使我感到意外,早知道他的腿有毛病。可当他先拍拍唐棣的头顶,又转过来拍拍我的头顶时,心上就像掠过一片云似的一暗。

在周末,阿瑟·米勒什么也不写,只是"侃"。他不像哈里森·索尔兹伯里,一坐下来就谈国际形势,老在为人类的前途担忧,而是漫无目的地瞎聊,心理咨询、驯马、绘画、哲学、天人感应、天南地北、趣闻怪谈……偶尔才会谈及政治以及某位作家和她(他)的作品,包括对几位中国作家的印象。

也许他对人类前途的忧虑以及有关文学的思考,暂时放在山坡上的小屋里了。

庄园里有很多树,其中有个苹果树桩子,在他绘声绘色地描述中显得十分神秘。

因为他喜欢调侃,所以我习惯性地问道:"是真的吗?"

"真的,这是真的。"

"你写不写这个苹果树桩子?你要是不写,我可就要写了。"

他说:"好吧,我把这个题材让给你了。"

可我又想,何不让那树桩子继续神秘下去?那样,凡是来这里做客的人,都有机会到那树桩子上亲身感受一番,苹果树桩就会继续它的创作,用它千奇百怪的故事愉悦我们,如果我破了这个咒,苹果树桩也许就会走上才思枯竭的绝路。

否则阿瑟·米勒为什么对此只是津津乐道,而不把这个苹果树桩子放进他的戏剧里?

最惬意的时光,是在晚餐桌上。

餐桌上蜡光摇曳,蜡烛就插在毕加索捏咕出来的烛台里。"侃"到高兴的时候,阿瑟·米勒会来段即兴表演,比如在想象的提琴上拉出任人想象的曲子。他的头、身子和手腕,随着那些旋律,比演奏家更演奏家地抖动着、摇摆着,脸上的每一根神经让那些音符牵动得很是繁忙。那时,我就会忘记他先拍拍唐棣的头顶,又转过来拍拍我的头顶,让我心头像掠过一片云似的一暗。

记得有天晚上,从荷兰来了一个国际长途电话。开始阿瑟·米勒什么也不说,只是握着话筒一味在听,过了很久才听见他说:"那你干吗不写个新的?"

我猜想大概是个新手,希望得到阿瑟的指点。

而后阿瑟·米勒便放下话筒,拿起咖啡壶煮咖啡去了。

我们都以为电话已经结束,接着刚才的话题继续聊。

咖啡煮好之后,阿瑟·米勒给自己倒了一杯,一边慢慢地啜着,一边慢慢对我们说:"这是一位导演,正在排演《推销员之死》,打电话是为了说服我把第一场换到最后一场,把最后一场换到第一场去。"

喝完那杯咖啡,阿瑟接着去听电话,原来电话并没有结束。

他还是什么也不说,只一味地听。直听到不但那头,就连我们也都以为阿瑟·米勒接受了那位导演的意见,把第一场换到最后一场去了。这时只听阿瑟开口说道:"等我死了以后,你爱怎么着再怎么着吧。"

有时阿瑟·米勒为我们播放录像带,比如达斯汀·霍夫曼主演的《推销员之死》,并向我们介绍达思汀·霍夫曼拍摄此片的一些情况。我坐在地毯上,一面看一面想,这位霍夫曼要是不得奥斯卡最佳男演员奖才叫怪。

可能世界上的顶级演员都扮演过这个角色吧?不过比来比去,我还是最喜欢达斯汀·霍夫曼主演的《推销员之死》,可惜那部电影没在中国放映。

一般说来,聊到十点,阿瑟就会说:"好了,咖啡店关门了。"

客人们就会回到各自下榻的屋子里去。

凡事有得必有失,在餐桌上,我们不得不领教英格并不高明的厨艺。与阿瑟·米勒结婚初期,英格曾从欧洲带来一个法国厨子。可是那位厨子声称受不了美国人对美食的亵渎,把英格下岗之后便回法国去了,从此英格只好亲自下厨。

烹饪过程中,她总是不甘寂寞地从厨房里跳出来参加客厅里的谈话,常常是一只脚踩在厨房里,一只脚踩在客厅里。如果我们吃到焦煳的,或是夹生的饭,也就不足为怪。我想,厨房连着客厅,对英格来说无疑是个陷阱。

难得那次为宴请我的母亲,她成功地做了一只烤鸡。

那一次英格拒绝了客厅里的诱惑,只见她不断打开烤箱,把烤盘里的汁水浇到烤鸡上去。那只鸡被烤得嫩黄流油、香脆可口,可以说是饭店级的水平,在她的厨艺中实属意外。可惜母亲那天突然头晕,不适乘车旅行,未能赴约。不完全是为了报答英格的盛情,那天我吃了两个人以上的分量,减肥计划再次告吹。

吃甜食的时候,英格会问谁要咖啡、谁要茶,我自然要茶,咖啡只在早上饮用。"什么茶?"她问。

接着就会和我异口同声地说:"薄荷茶。"

然后跑到院子里,揪几把薄荷泡在开水里。茶水浅浅地染着薄荷的雅绿,沁着新鲜薄荷的清凉,可谓色香俱全。

有一次的饭后甜食让我妒忌不已。那是一大盒装在松木盒子里的巧克力,每一方巧克力上,都镌刻着阿瑟·米勒一部剧作的名字。

猜一猜这礼物是谁送的?林肯艺术中心!这样的礼物,哪怕你做二十年作家协会主席或党组书记,也是无法得到的。

我小心翼翼地咬着那些巧克力,先从边缘地带咬起,然后渐渐进入纵深,最后还是把阿瑟·米勒的那些剧作吃了下去。

我对阿瑟·米勒说:"我咬一口巧克力,就像咬了一口你。"

阿瑟·米勒却抚摸着他亲手做的、足足可以坐下十二个人的餐桌说:"我最喜欢的是这张餐桌,在这张桌子上,我接待过很多喜爱的朋友。"

二〇〇五年,我在德国Schoeppingen住了几个月。二月十日那天早上,办公室的Mr. Kock突然从电脑中调出一份资料,其中有我和阿瑟·米勒的一张合影,记得那张照片拍于一九八六年。随后Mr. Kock与我谈起阿瑟和他的创作……几个小时后,我就接到唐棣的E-mail,说阿瑟·米勒因心力衰竭去世。

很快,Mr.kock也得知了这个消息,他一脸惊诧地说:这真有点儿怪,我们早上刚刚谈到他。

阿瑟·米勒,也许我不该那样问,关于那个神秘的苹果树桩子,看来果真不是你的调侃。

想起五月那个下午……

没想到有一天终于如愿以偿,来到意大利。一九八九年,五月,本该是明媚的日子。

当我按照传统,背向特莱维喷泉(即少女喷泉)投进一枚银币的时候,我都不愿意相信那个传说:如果向喷泉里投掷一枚银币,它将偿你重返意大利之愿。我之所以那样做,不过是为了向自己证明,我果真到了意大利。

那"童真之水",在海神尼普顿脚下,渐行渐远地汇成四级梯池。我往后仰着脸儿,使足力气,以图将银币扔进离海神尼普顿最近的那一汪浅池,据说这可能给我带来更多的好运。

太阳晃着我的脸也晃着我的双眼,只觉得眼前是一片掺了金调了银的蔚蓝,好像意大利到处都是太阳,或意大利只有太阳。

四个月后,我重返意大利。从罗马驶往拿波里的路上,维苏威火山遥遥在望。它吉凶难卜地匍匐在灰紫色的云絮里,死守着一个我想猜透,又无法猜透的谜底。

我想起五月的那个下午,想起我扔进特莱维喷泉里的那枚银币,觉得古怪、蹊跷、是焉非焉不可思议。

曾以为中国是世界上最老的国家,到了意大利才觉得中国并不那么老。

明知意大利已不复是古罗马,我却是为古罗马而来。当然还有帕瓦罗蒂歌唱过的一切:海洋、太阳、桑塔露西亚……以及,他也许还没来得及歌唱的一切:比萨饼、米开朗基罗、时装、梵蒂冈、皮货、索菲亚·罗兰、地火焚烧过的庞贝、西班牙广场上任游客歇息的台阶,甚至还有《西西里的柠檬》……

我伫立在古罗马不朽的废墟中,抚摸一块砖、揉搓一把土、踩一块石头,都觉得是在抚摸、揉搓、踩着历史……却没有一丝豪迈。唯一的、赤裸的太阳,重重地捶击着我的头顶,把我死死地钉在地上。我直立在太阳底下,在它的灼烤中慢慢知道,再不会有这样的辉煌。

元老院宫后的一截断墙,高低不平地硌着我的屁股,我气闲神定地摇晃着疲倦的双腿,任我的眼睛随着倾斜的罗马古道卡皮托利诺山大道一路而去。沉默的铺路石,封盖了古罗马历朝历代的兴衰,只留下往昔空落的足迹,任人凭吊,寄托着不可追寻的惆怅。

从提图拱门向外望去,浓郁的意大利半岛在蒸腾的地气里起起伏伏,有一种遥远的、恍惚的哀伤。似有一匹坐骑从远处驰来,它的红鬃在阳光下流火一般地飞扬,它的铁蹄叩击着卡皮托利诺山大道衰老的胸膛,我似乎感到,卡皮托利诺山大道黏稠的黑血,渐次地汹涌沸腾。

那坐骑猛然在一处刹住,扬起它的前蹄,向天而立,并发出急迫而迷茫的嘶鸣……那可不正是当年临时搭起柴堆,火化恺撒遗体的地方?

残壁下、墙角里,一朵火红的罂粟花在轻颤。

在意大利,我时常想起一九八七年在奥地利斯图里亚州的一次旅行。一个暮春天气,乘车翻越积雪的阿尔卑斯山顶。一条乱石翻滚、苍凉残败的古道,像一张破了相的脸,忽而贴近我的车窗,忽而隐没在陡峭的山峰之后,最终消失在阿尔卑斯山的山谷里。

我感到压抑、困惑和冷。

人们对我说,那是罗马时代的古道。

我木木地转过自己的眼睛,不知记忆里可曾有过如是的烦恼——它一定有什么话要对我说,而又没有说出,我一定错过了什么。

…………

这次的意大利之行,残破而迷茫。

回国之后,巧遇江苏教育出版社邀请部分作家编写历史人物故事,我不但应承下来,并且选择了恺撒。耗时耗力之多可谓空前,只因我和意大利尚有未解之缘,现在是否可以画个句号,还很难说。

当一张张史料从我眼前翻过,我知道我不能写出恺撒的故事,任何人都不能胜任这件事。我们连自己的故事都说不清楚,又如何可以说清楚他人——且不说是那样磅礴地左右过历史的人物——的故事。

这样一个驰骋风雨的人物,顶好还是交给史料?

然而,史料又有多少是真实,多少是虚妄?

你再也无法破碎的享受

向晚,我来到 Tejo 河与大西洋的交接之处——古老的 Alcantara 港。我无意追随历史的脚步,只不过觉得,曾几何时这里是连通世界各大洋的船港,必然可以打探到去 Azors 群岛的船讯。

老海港阒无人迹,只有不知哪里传来的夯声,于夕阳残照中,声声报知这荒弃的残迹,与你、与我、与他、与人人一样,都有过的往昔。

在尽职尽责的夯声中,我怪笑一声自己不能痛改的怀旧痼疾。

好不容易在一处隐蔽极深的小房子里找到一个海员俱乐部。一位俱乐部成员告诉我,到 Azors 群岛乘船来回需要四天,不如乘飞机,而我却想乘船。

乘飞机有什么意思?除了云彩什么也看不见。云彩固然很美,不过要是有机会换换口味,看看云彩下面的异域风情也不错。记得那年从瑞士到德国,我让德国出版社将飞机票换成价位低廉的火车票,才得以浏览沿途的一些小城。

从地图上看,我以为当天即可往返。听他这么一说,所有计划都得泡汤。

不算路程消耗,无论如何,总得在群岛上待几天。可是我的签证就要到期,不等从岛上回来,就得面对非法滞留的局面,除非我立刻到有关部门办理延期手续。

尽管主持这次欧亚文化高峰会议的葡萄牙某基金会主席说,随便我住到哪一天,他们都会为我支付全部旅费,可人不能得寸进尺,真就无限期地住下去。

竟有这样的巧合。后来得知,六百年前的这一天,也就是我来打探船讯的二〇〇〇年六月二十三日,葡萄牙王国舰队,正是从这里起锚,开始了历史上第一次海上之路的探索。以后的二百年间,多少船舰在这里浩浩荡荡地起锚,又弹尽粮绝、九死一生地返回……在欢笑和眼泪的交替中 Alcantara 港渐渐老去,不但老去甚至如此不堪。尔后四百年间,昔日雄风从未再现。

在码头上欢笑或哭泣过的人,一代又一代不知轮回何处,六百年前的如烟往事,已然沉溺在这海河交界的深处。要想追寻点什么的话,去问一块海底岩石或某条老鱼,可能比文字的记载更为可靠。

海风的确算不上温柔旖旎,即便已是诗情溢满的黄昏时分。

又毕竟是 Alcantara 港,不能指望在这里领略"小桥流水人家"的风情。

劈面而来的海风撕扯着我的披肩,它竟不知天高地厚,如 MTV"我心依旧"中,被一再重复的、那个经典场面里的披肩,满帆似的张扬着。

突然觉得脸上被狠狠地抽了一下。

我收紧披肩,怏怏地想,这突如其来的一记抽打,来自何方?

四处寻觅——什么也没有。

距我最近的是港湾的一个犄角,停泊在那里的豪华游艇,随波荡漾,空自无人;犄角北边,Tejo河又拐了一个小弯之后,是一溜当年的船坞改建的小饭店,惨淡经营,几乎看不到顾客;远处的起重机和集装箱群至少两千米开外……整个老码头上,只有我这个过客。

也许,那不过是已然消逝的、千百年前的劲风,突然掉转头来赏给我的一个痛彻心扉、独一无二的亲吻。

希望不是我对"消逝"自作多情,可是我的里斯本之行不时节外生枝。

当晚,带着脸上挥之不去的、像是被烫过的灼痛,游弋在里斯本老城区。

街灯像存放多年的调料瓶子,无滋无味地照耀着。在一条舞台道具样的老胡同里,有只猫在街角的弃物中挑挑拣拣。

听见我的脚步,它停下工作,摇着尾巴向我走来,而我还想继续前行,可是它横过身来挡住了我的去路。我有能力对不让我继续前行的人说"不",却无法对一只猫说"不"。

只好在一处台阶上坐下。

它抬头看看我,亲昵而又熟络地在我腿上蹭来蹭去,对我喵喵地叫着,好像在问:"别来无恙?"然后蜷缩在我的脚上。

它的腹部在我的脚面上起伏,那是它的呼吸。柔软的温暖包裹着我的脚面,那是它的体温。

好惬意啊!

我从不介意独自游荡,不过旅途上能有这样一份贴近,该是意外的喜悦。

我说:"你可真是一只特别的猫。"它又对我叫了几声,那声音有点非同寻常,像是认同又像一言难尽。

就在此时,我觉得已经与它沟通。"你又是一只好命的猫,历经水深火热,既没被淹死也没被烧死,更没有被火山岩浆所吞没。"

谁见过一只猫的会心微笑?尽管有人说,猫是不会笑的。

我和它就这样偎依着,把我们的夜晚消磨在那个台阶上,没有相依为命的凄清,反倒像两个在酒吧对饮的游客:酒逢知己,浅斟慢酌。

类似的景致不止一次遇到。八十年代初,一个深冬的夜晚,我站在北京饭店高层一个朝北的房间里,向下探望。幽冥的街灯下,一个个整齐划一的四合院方阵,好似不为人间所有,让人不得不寻思院子里一茬茬的旧主人和院子里的旧日子,那些逝去的、未曾谋面的人物和日子,就像亲朋故旧,栩栩如生地出现在眼前。

对不知有无的生命和万物轮回之说,总有一番偏执。这偏执始自年少,使我对自己的源头充满疑问,甚至怀疑自己确切的年龄、籍贯、出生地、人种……猜想着我不过是个老得无法推算年龄的游魂,否则为什么总喜欢独行侠般地游来荡去,宁肯把不多的钱花费在游荡上?

这可能就是我的脑袋,总是不觉地甩来甩去的原因?可我从来没有甩掉那些已然隐退的我或他人的往生、往往生……不论走到哪里，它们总是追随着我，让我不断探寻。

我累。

或是装傻充愣地走进一栋似曾相识的老房子，用不伦不类的英语问人家："请问这里是一家博物馆吗？"

"不，不是。"

"哦，对不起，但有人对我说这是一家博物馆。"就此赖皮赖脸地在那栋老房子里盘桓一会儿，贪婪地重温曾经拥有的一切：墙上的壁饰，天花板上的嵌条，门上细小的雕饰，精致的老吊灯——居然还没坏……偏偏不去想那重逢之后的别离，出得门来满怀的伤感，怪得了谁？

而在另一栋楼房的门道里，那矮小的男人对我说："下一周这里会有一个画展。"

"等不到下一周我就得走了。"

他似乎漫不经心地看着我，其实在胸有成竹地盘算，然后对我说："不过你可以先看一看，虽然还没有完全准备好。顺便说一句，我知道你喜欢这栋老房子。"

我停下脚步，盯了他好一会儿，我想我的目光足够怪异而且来者不善。

他带着我在那栋老楼房里穿行。踏上二楼楼梯时，我嗅到了一股与画展毫无关系的气味，让我想起一个不甚具体的女人。但这气味稍纵即逝，我也没有十分在意。

他对我说，展出的绘画大多是二十世纪的作品，其中不少还是获奖作品。可惜在我看来,意思都不算大。

突然,我在一幅画面上看到了她,那发出薰衣草气味、不知哪个世纪的女人。明知自己买不起任何一幅画,却不由自主地问道:"这幅画多少钱?"

他说:"这是非卖品。"然后善解人意地留下我,独自对着那女人浮想联翩。

我有点手足无措地下了楼。告别的时候,他目色诡异地送我两本有关画展的介绍,回到旅馆,翻遍两本介绍,再也没有与发出薰衣草气味的女人重逢,可我不想再去寻访她,很多事情的结果,不一定轮到我。

有幸被音乐所爱

一九九九年的一天,还在美国,最为薄情只认潮流的电视,突然念旧地播放起二十世纪最伟大的钢琴演奏家霍洛维茨(Vladimir Horowitz)的一场演出。

一直等到九十多岁高龄,霍洛维茨才在戈尔巴乔夫的邀请下,得以返回生养他的俄罗斯,而且只演奏了一场,不知这是他个人的决定还是当局的决定。

电视回放的正是那一场音乐会的实况。

我无法表述倾听那场音乐会的感受,只觉得在那唯一一场游子还乡的悲情演出中,不论演奏者或听众,感受的不仅是钢琴演奏艺术,还共同演出了那场戏剧人生的最后一幕。多少场景、细节、伏笔、人物、矛盾、冲突……人生所有的不得已,都在那唯一一场演出中,在每一个音符的跳跃中一一交割。

霍洛维茨的音乐,不可颠覆地从缈远的高处,悲悯地俯视着将他长久拒绝于国门之外的、生养他的俄罗斯,俯视着泪流满面、百感交集的听众。

尽管没有足够的音乐修养,可我听懂了在那音乐面前,伟大的(也许卑琐的)往事何等渺小,包括他自己那顶奇大无比的帽子——"二十世纪最伟大的钢琴演奏家。"

常常自相矛盾,比如已然老奸巨猾到不再相信永恒的我,一旦他的音乐响起来的时候,只好极其不甘地暂时放下对永恒信誓旦旦的仇恨,至少在那一刻,觉得还有一种东西可以叫作永恒,那就是霍洛维茨。好像一旦帕瓦罗蒂唱起来的时候,还会觉得他的声音,是为着表述一种叫作爱情的东西而生。如此华丽,如此多情,如此灿烂,如此转瞬即逝一去不再复返!

我盲目地深爱已然故去的霍洛维茨,或不如说是被他的音乐所爱。对于一生充满失败、常常遭遇盘剥的我(这与经典著作《中国社会各阶级的分析》无关也与他人无关。不是说:有不花钱的奶牛为什么还要买牛奶呢?),我理解为上帝是公正的。

哪怕在CD盘的封套上,只要看到他那张脸我就悲从中来。马友友的脸决不会让我生出这样的感觉,即便马友友在演奏悲怆的、沧桑无比的段子。当然我也深爱马友友,但这两种爱是那样的不同,如地中海的阳光和伦敦老墓地中漫散的雾。

像很多酸腐的老旧文人那样,我对悲喜人生有着习惯性的取向。但我仍然不能断定,这爱的重点是否在于对历史的另一种叙述?某些时候,历史以及与此相关的心理历程,不得不成为造就甚至品评艺术一份不可或缺的条件。

抑或是因为他的人生态度?纵观天下,还有谁能像他那样,根本不在意那顶奇大无比的帽子,一度停演十多年。用十年多年的时间来反思、思考,对音乐、艺术的更深理解和表现?

对于艺术追求的最后高度,他是不是为人们制作了一个与社会通行标准完全不同的版本?那就是没有极限的极限。

所以二十世纪只能有一个霍洛维茨。比之霍洛维茨,那些什么钢琴、提琴,凡是能想得起来的各种乐器的王子或公主,只能是百老汇那种地方出品的王子和公主。

不必对艺术家和作家寄予过高的企盼。不要说在某个国家,即便在全世界,一个世纪内能有十个霍洛维茨这样的音乐家或作家已经足够多了,你能想象在一个世纪内,世界上出现二三百个霍洛维茨的局面吗?外星人要不来灭你才怪,再不就得发生二十级地震。

最为著名的单相思

尽管我们知道,所谓"日不落帝国",不过是殖民地的土地,为英国撑起了从东到西的天空。可是在英国人多少个世纪的鼓吹下,这种误导渐渐深入理智的机理,人们终于默认了这种说法:果然有那么一个太阳永远在头上照耀的国家。

八十年代中期,有机会访问"日不落帝国",才领略了这种由地域、理念的错位而制作的混乱。

在伦敦过关时,不知为什么被海关人员阻拦,难道我看上去像个罪犯,或是恐怖分子?

他们打开我的箱子,又一件件打开我的衣服,问:"为什么带这样多的衣服,它们是做什么用的?"

"因为有许多采访和 party。"我说。

事实上我带的衣服并不多,不过几件做工讲究、绣工也很铺张的丝绸旗袍。其中还有一件在奥地利买的衬衣,因为是他们的传统服饰,又是手工刺绣,价格比较昂贵。

也许那时旗袍还不像现在这样著名,这样被国际时尚仰慕,达到人人争相模仿的地步。

他们把那几件旗袍拿在手里看来看去,一副被又是丝绸、又是刺绣吓着的样子,当然也泄露出些许羡慕的元素。至于那件奥地利传统服装,他们肯定知道价格不菲。

然后齐刷刷转过脸来研究我,在那种目光里,绝对找不到和善、尊重的分子。我猜想,他们大概把我当作"国际倒爷"了。

除了那件奥地利衬衣,八十年代,丝绸旗袍在我国不但谈不上昂贵,简直可以说是便宜,只是英国人不了解内情而已。一九四九年后,旗袍作为非劳动妇女的标识几近淘汰,八十年代改革开放,渐渐与国际上有了些交流,出访的艺术团体或服务于外交界的妇女,才把它从老家底中翻了出来,可是界面有限,"钱"景并不看好。近年,时装界发现它竟是国际T台上的一件制胜法宝,地位、价格才随之上扬、攀升。

我坦然地与他们对视着,当然还有一脸的不屑。

几件旗袍,一件衬衣,居然把"日不落帝国"的臣民,折腾成这个样子!

就像大葱大蒜的气味可以通过食用者的汗液排泄,"穷酸"这种质地,即便有了西服革履的包装,也无济于事。

对贫穷,我从来抱着一种尊重的态度,如果"人穷志不穷"的话。何况自己不是没有穷过,甚至穷到几乎吃不上饭的地步。但如果因为"贫穷"而生出许多"事儿"来,就让人看不起了。

真是笑话。

他们有我倒爷的前科记录或是证据吗?或以为我会恳求他们让我入境吗……顶多打道回府就是。

我猜他们原本真想把我"如何如何"一番,最后实在找不出理由,只好放行。

出入西德(这里强调的是彼时的西德,而不是东西合一后的德国)、瑞典、瑞士、挪威、芬兰多次,不用多做选项,只消比一比这几个国家和英国的垃圾,就知道英国已经穷到什么地步——像中国的垃圾一样,那是真正的垃圾了,让那些以捡垃圾为生的人付出许多辛苦,却收获寥寥。不像在上述那些国家,甚至可以用街上捡回的家具,安排一个八九成新的家,如果你不在意家具风格不一的话。我的一个西德朋友告诉我,他刚大学毕业、工作还没着落的时候,就在街上捡过家具。尤其那张席梦思,非常之好。

这次经历让我感到非常意外,回国后找了一些资料,以了解这位"日不落"何以变得如此不堪。这才知道,八十年代英国经济没落到了什么地步。

难怪!

不过据说英国经济现在有了复苏,无论如何,祝愿他们日渐富足。

在伦敦那几天过得十分匆忙,因为一个采访接着一个采访,不但什么都来不及参观,连饭也吃不好,只能在下榻的旅馆餐厅里凑合。幸好英国菜非常的难吃,是否世界上最难吃的菜不敢说,反正对无法到饭店享用英国美食没有留下任何遗憾。

餐厅里有个侍者,非常喜欢指点我。

比如,汤非常咸。我请他拿回去给我换个口味淡一点的,他高傲地指点我说:"我们英国的汤就是这么咸。"

亲爱的,还高傲呢,一不小心你就露了馅。

"咸"是什么意思?是一个与"穷困"息息相关的餐桌现象。我们不是没有穷过,太了解"咸"在餐桌上的意义,它能代替该有而没有的菜肴下饭呢。

不过我们再穷,也不能咸到这个地步。我回说:"我是中国人,我们中国人不吃这么咸的汤。"

他很不情愿地拿到厨房去换,换回来的还是那么咸。有朋友对我说:"小心他往你的汤里吐口水,很多侍者都这么干。"

从此免了头盘汤。

又比如,某个下午预定有电视台采访,时间又是很紧,点主菜的时候我连饭后甜食一起点了,不然吃完主菜再点甜食,又得等上许久。

那个侍者对我说:"你应该吃完主菜再点甜食。"

我一愣,想,又来了。然后对他说:"我就愿意这么点。如果我让你先上甜食,你不是也得给我上?别忘了,我是买主。"他只好怏怏地走了。

虽然我不是"义和团",甚至对"义和团"有自己的一些想法,但怎么也得整治一下这个不尊重客人,其实是不尊重亚裔客人的侍者。

第二天早餐,我给了另一位侍者一个英镑的小费。

在英国,对于一般的消费阶层而不是贝克汉姆那样的人来说,用一个英镑来付早餐的小费,算得上是靡费了,何况英国人是很节俭的。

这一个英镑的小费,果然让那位总是指点我的侍者立刻变脸,不但再不指点我,还跟我套起了近乎,对我说:"其实我也是从亚洲来的,是印度后裔。"

我说:"这还用说,你那张黄面孔就是一份资料。"

区区一个英镑,就使我的待遇得到根本的改善,很便宜是不是?

可我就是不给他小费,直到离开那家旅馆也没有。

从太阳出世,每天、每天,它自东而出、向西而落,亿万年来循规蹈矩地过着一个正常的日子。忽然有那么几个痴情的脑袋,想要它挂在天上永远不落,哪知太阳不为所动,依旧循规蹈矩地自东而出、向西而落。于是"不落的太阳",就成了任何一个陷于情的人,所望尘莫及的标号。

与男人"说清楚"的某些记录

葡萄牙。里斯本。

进入那个酒馆之前,一点不知道里面都是男人,只因为外面的菜单上写着:今天供应新鲜的牡蛎。葡萄牙的海岸线从大西洋直到地中海,如果放过葡萄牙物美价廉的海鲜,回到北京,面对天价的牡蛎只好咽口水,所以毫不犹豫地下了台阶。

进去之后,才发现是清一色的男人,包括侍者在内。

酒馆里光线很暗,烟气缭绕,酒味醇香。等我适应那黑暗之后才看清酒馆的装潢,极尽简略,而且没有一般酒馆的恶俗,比如香艳的图片或大块带有某种明确导向的色彩,还有那么点地中海风情,比如柜台后面那扇"墙"。

真的很喜欢柜台后面那扇"墙"。当然,叫它墙垛可能更贴切一些,因为不像一般墙那样横平竖直、弱不禁风。垒墙的石块个性张扬、凹凸不平,却又随遇而安地任人安放,也许不做修理、"随意"安放的本身,就是对石块个性的一种迁就、欣赏。仅仅刷了一层白灰的墙面上,参差不齐地排着不算多也不算少的"猫眼洞",一瓶瓶美酒,俯卧在那些"猫眼洞"里,只等一声令下,就让客人一个个趴下,这样的"酒柜"算得上别出心裁,可惜那天没有随身带着相机。

一个不算年轻的侍者,丝毫不惊诧地招呼我坐下。在此之前,我一直担心他会对我说,这里不招待女客。

点了牡蛎和啤酒。

"就这些?"他问。

"是的,就这些。"我说。

大部分游客会在街头散座上喝杯啤酒或是葡萄酒,所以只能叫"喝",离"品酒"还差几个档次。当地人就会选择这样的酒馆,而不是大饭店来消磨他们的夜晚。

产自葡萄牙波尔图的葡萄酒自然是他们的最爱(请勿与法国那位"波尔多"混淆)。上品波尔图葡萄酒如琥珀、如水晶,仅仅观赏就让人迷醉。像我这种不懂品酒的人,根本不可能分出眼前的琼浆玉液,到底是从白葡萄酒还是从红葡萄酒长期存放而来。因为不论红、白波尔图葡萄酒,存放年头久了,最后的色泽都会向琥珀、向水晶靠近。

我猜想,他一定觉得我既然能走进这个有名的酒馆,一定也是酒坛老手,奇怪我怎么只点啤酒,而不点威士忌、白兰地或白葡萄酒,岂不知这一杯啤酒也是用来下牡蛎的。

可不是"醉翁之意不在酒"!此番主攻对象是牡蛎,总得为牡蛎留着并不海量的肚子。

面包不怎么出色,啤酒很淡,正合我的口味。牡蛎却非常新鲜,挤上柠檬汁后,眼见它们在柠檬汁的刺激下,直劲儿抽搐,至少被我吃掉之前,它们还活着。那一会儿,我真的有点儿不好意思。

不少情况下,我是一个两面派,人们不难看到我在某些问题上行为与宣言的出入。比如对待美食,既不能不贪吃,又不能不想到对生命的尊重。

没有人注意一个女人的闯入,我在这个男人的酒馆里非常放松,自得其乐地消磨着一个异国的夜晚。不像在国内,每当我独自在饭店就餐,有人就会不时给我奇怪的一两眼。

一面慢慢享用着牡蛎,一面浏览男人的风景。

他们大多倚在柜台前,并不点菜,清酒一杯,或三三两两悄声细语,或独自无声无息地享用着一份酒趣。

在这里品酒的男人,大都非常文雅,其中不乏英俊之士。不能说他们都是"同志",可也有不少勾肩搭背的伙伴,还有一对不时含情脉脉地对视。

记得一九八九年在罗马街头与一位著名影星擦肩而过,朋友说:"很不错,是不是?可惜他是同性恋。"接着她不无遗憾地感叹,"世上让人迷恋的男人本就不多,一旦有那么几个,大部分还是同性恋。"

我说:"别那么悲观,你还年轻,总会遇到所爱。"后来她果然遇到可以谈论婚嫁的男人,早忘了当年的哀叹。

眼前的景象、气氛、酒香,让人流连,那杯啤酒正合我的酒量,牡蛎也被我吃得精光,我的状况是酒足饭饱,更何况俊男如云、秀色可餐。但再好的风景也不能永久收入眼底,也不能在那里无限时地坐下去。

请侍者结账,只见他念念有词,在小本子上改来改去算个不停,让我顿生疑窦。接过账单的时候留神看了一看,第一项收费被涂改了三次,而且一次比一次高。

我决定就涂改几次的账单和这个男人说说清楚。

因为好说清楚的毛病已经得罪过很多人,可是一有机会就死灰复燃。若干年前在西单电报大楼排长龙交电话费,一位衣冠楚楚的先生翩然而至,理所当然地插到队伍前头,我对他说:"先生,请你排队好吗?"

先生上上下下打量着我,像打量外星怪物,说:"排队?你知道我是谁?!"

我实话实说:"不知道。请问先生是谁?"

排队的群众回说:"'是谁'还轮到来这儿排队,早有小秘或是听差的伺候。"

在银行存款也遇到过一位"谁"。办完手续后,我对银行的工作人员说:"你们的打印机是不是该修了?存款折上的字迹非常不清楚,这对你们和存款人都很不便。"

旁边一位拿着大宗钞票的男士说道:"你办完了没有,办完就一边儿去,说那么多废话干吗,累不累!"

我实话实说:"不累。"

然后眼巴巴地站在那里,不明白自己为什么总让男人恶从胆边生。

……

这回,又禁不住指着第一项收费对那男侍者说:"先生,请问这是什么意思?"

他回答说:"This is cover。"

我不明白这里的"cover"怎么解释。怎么解释都是多余,桌子上除了啤酒杯和装牡蛎的钵子,就是那小篮几乎没动的面包。

我说:"饭店的面包差不多都是免费的,你们这里不是吗?即便不免费,你难道不知道面包该收多少钱?可这一项收费,你修改了三次。"

他尴尬起来,不知所云地站在那里。

他是本分的,即便来点"猫腻",只要对方较一点真儿,立马缴械投降。

如果一个男人为了一点点钱,站在一个女人面前无以应对,那景况真的让人于心难忍,何况他已知错,何况他对我并不恶声恶气。

我莞尔一笑,说:"不过我还是愿意付这个钱,包括你的小费。"他鞠躬不已。

再说这个男人的酒馆给我留下了很好的回味,我不希望它因此残缺。

也许该为"芝麻"正名

在美国一所大学讲授中国当代文学的时候,与来自某个岛子上的一位汉语女教师有过同事之谊。

有天她的学生问我,"通奸"是什么意思?

我想也没想对她名下学生的提问做个回答有何不妥,张嘴就回答说:"大部分指不合法的性关系。"

她知道后,礼义廉耻地教育我:"你怎么可以对学生解释这种下流的词汇?"

我大惑不解地说:"怎么不可以解释?如果他将来用错这个词,对她的父母或对贵族夫妇说'你们通奸了吗'那才糟糕呢。你翻过《辞海》了?《辞海》上说这是一个下流的词汇吗?"

即便文人相轻,不也就我一位讲授当代中国文学?但如此这般的芝麻粒儿,却经常撒入我平淡的教学生活。并无大碍,只是不好打扫。

不久后的一个中午,本该休息片刻的时段,忽然想起一件马上要办的事,只好到办公室去。既然是自己的办公室,自然长驱直入,没想到该女教师和一位来校客串的名教授,正在我的办公室里热吻。

我这个人很不礼义廉耻。相反,我认为在配偶之外与他人偷情,并不值得大惊小怪,也理解来客串一把的名教授没有办公室的现实。只是他们应该去旅馆租个房间,名教授又不缺钱;却不该占用他人的办公室。在西方,这才是非常不礼貌,甚至是粗鄙的行为。我不喜欢轻易用"下流"这个词,在我看来,这是非常"重"的一个词。

撞见他人偷情,当事人其实倒没什么,而闯入者的态度却难以拿捏。如果是你的朋友,一笑了之即可,如果不是你的朋友而又认识,则比较难办。特别对方还是一位红了半边天的名教授。

我极其讨厌扩散这种事,多少次当他人议论圈内人的绯闻时,我都是拒绝合作、掉头而去。

这一次偏偏让我撞个正着。如果我不是这间办公室的主人,该有多么简单!

作为办公室的主人,我不得不对此有所表示,否则就有趋炎附势之嫌,反倒可能被当事人视为下贱。

我不知道这是什么逻辑,事情却偏偏如此。他们可以发生这种行为,你却不可阿谀奉承这种行为。

于是转身到系秘书办公室,请求秘书为我写一张告示,贴在我办公室的门上:未经本人同意,请勿占用。

秘书奇怪地看着我,何以提出这等多余的要求。不过她也不多问,照办就是。

我觉得这样处理比较稳妥,大家心照不宣。既尊重了自己,也给当事人留足了面子。

再一次讲到某作家的作品,正值该作家滞留美国,便请他前来现身说法,该女教师也慕名前来听课。课堂上,作家对中国知识分子发表了很不公正的看法。这种看法如不得到纠正,那些从未到过中国、对中国知识分子毫不了解的美国学生就可能产生极大的误解,而且我也不敢担保这些学生日后一定有消除这种误解的机会。那么这种误解,将使中国知识分子长久处于恶名之下。于是忍不住对那不公正的看法做了一些纠正,当场受到作家太太火力密集的扫射。

我不过举了个例子,说明中国知识分子还不至于那样不堪,同时也不能一概而论,并无其他不敬,而且还一再声明是"商榷"。

课后,按照系里惯例,请客人到饭店进餐。进餐过程气氛异常,几乎每句话都包含着与字面不同的歧义。难怪"冷战"年代最后投降的是资本主义,就连这位民主代言人的太太,也不愧为一名冷战高手。

我其实是个相当没出息的人,又十分厌倦战争,特别是"冷战"。即刻便有了悔意,他愿意编派中国知识分子就编派好了,跟我有什么关系,我多什么嘴!

事情到此并未了结,与我关系极为亲密的一个学生对我的态度变得有些奇怪,问他发生了什么事?他说,那天有事不能前来听课,那位女教师对所有未能前来听课的同学说,我在课堂上不但与那位作家大唱反调,而且是一个反对民主的人。

在美国,反对民主的人是什么人?!尤其在我们那座以民主和开放著称的大学。

即便没有出息,面对这种莫须有的、分量不轻的传言,也不能听之任之。只好去找这位汉语女教师,说:"如果你不懂得汉语,随便乱说情有可原。可你不是教授汉语的教师吗?然而你却对学生谬传我的发言,我不得不请教这是什么意思?"

……

不知道你办公室里有没有这样一个爱找茬儿的女人或是男人?你将会知道,那和"爱上一个不回家的男人"一样,度日如年。

以上种种并不影响我们的同事之谊,也可以说我们的关系相当西化——相当就事论事,所以当她又通过我向美国著名剧作家阿瑟·米勒的太太英格,借用一批摄影作品的时候,我认为也很正常。

"某某教授正在撰写一部重要的著作,需要一些有关的照片,希望你能帮忙。"她说。

哪位教授?大家心照不宣。

英格是摄影艺术家,在中国拍摄过很多有意思的照片,对研究中国的西方人,很有参考价值。

能有这样一个机会来润滑上次的尴尬,该是顺水行舟,皆大欢喜,可是这个要求超出了我的能力。

在西方,就是向亲娘老子借钱也得打借条,难道她不晓得?闹得我只好再充当一次衰人:"非常对不起,我和他们朋友归朋友,却从不掺和经济往来,所以你得找她的经纪人。如果还有其他方面的问题,非常愿意效劳。"

没有,没有其他方面的问题需要我效劳。

要是找英格的经纪人,恐怕就得大大破费一笔。

像从前那样，说："不！"

极为维护自己权益的美国人，却没有一个人发出质问：为什么更换起飞地点。不用问，肯定是从这里起飞的班机乘客太少，飞一趟很不划算。

除非我不打算按时起飞，倒是可以和航空公司理论理论，而我已经做好回家的准备。

旅行的消耗并不仅仅从启程开始，前期和后期的物质以及精神准备可以跨越前后两周不等，加上意想不到的"奇遇"，比如在极为短促的时间里，我们这一千乘客不得不向肯尼迪机场紧急转移。这一通超紧张的折腾，真让人累上加累，所以上了飞机，一落座，头一扎，便睡将起来。

即便在睡梦中，我也感到了惊惶。

一九九一年至一九九六年期间，我一直沉溺其中而又难以自拔的那种感觉，再次向我袭来。现在是否已经彻底走出？……只能说经过几年的挣扎,不过有了逃避的能力而已。

如果没有特别的经历,也许无法想象"消沉""晦暗"……这等毫无爆发力的小字眼儿,那足以熄灭生命之火的能量。可想而知,当它再次向我袭来的时候,我是多么忧虑自己将再次面对一场力量悬殊、几乎看不见出路的挣扎。

也就难怪我像溺水人为浮出水面那样,孤注一掷地支使着自己的力气,加倍用力,甚至可以说是夸张地睁开了双眼,向那股可能将我拖入旋涡的暗流望去——邻座是一位上了年纪的绅士。

令我无法置信的是,这位绅士竟是二十年前和我一起开会,彼此惺惺相惜的美国作家库尔特·冯尼格特。

在那次中美作家会议上,冯尼格特的表现,比当年"垮掉一代"的领军人物艾伦·金斯伯格还要另类。

我还留有金斯伯格1993年在美国文学艺术院年会上送给我的一首诗,可他已于前些年去世。

不过二十年,参加那次中美作家会议的作家,无论中美都有人已不在世。

记得我们在比弗莱山上一位阔佬家里做客,女主人为了制造气氛,发给每人一件可以击打出声的家伙,指挥大家齐唱并齐奏。第二天,冯尼格特在会议上说:"昨天晚上我们唱的,是我一生中听到的最坏的音乐。"

而在某位电视巨头家里做客时,他更是当着主人面说:"我们在最富有的人家里做客。什么是富有的人呢?就是有钱的可怜人。"

如此等等。

虽然西方人不会对他人行为的怪诞说些什么,但从他们的一个眼神,或肩膀上一个几乎察觉不到的摆动,便可想见他们的耐受力已经达到几成。

会议上他也常常口出狂言,而众人一副见怪不怪的样子。

我却对这位撑起美国黑色幽默半壁江山的作家兴趣有加。本来就喜欢他的作品,又目睹他一系列的怪诞之举,更觉得与他一拍即合。不知道如今的我在多大程度上受了他的影响,但影响肯定不小。

因此我在大会发言中,不由自主地用了那样长的一段时间来谈他和他的作品,发言结束时我说:"……不知道我说对了没有?"

他一言不发地从自己的座位上站起来,穿过整个讲台,来到我的身边并紧紧握住我的手。

会议结束时,照例有摄影师前来为那一盛会拍摄"全家福"。众所周知,那种拍照费时又费力,当散漫成性的作家终于坐好、站好,摄影师在按快门前还不放心地关照了一句:"OK?"

他却大叫一声:"No!"

众人大哗。

接着是在美国各地的旅行,每一站都有记者来采访我。他们说,是冯尼格特向他们推荐,说我是一个有趣的采访对象……

一别二十年,没想到在从纽约飞往底特律的班机上,我们竟是邻座!幸亏我没有与航空公司理论让我转移起飞地点的问题。

太阳也好、月亮也好、星星也好……最终都会从中天向黑暗沉没。

我没有机会看到那个渐进的过程,猛然呈现在眼前的,是中天与落入黑暗的强烈反差。

不仅他的体积缩小了一圈,曾经爱好烈酒的他,现在除了矿泉水什么也不接受。玻璃杯里再没有浸着冰块的威士忌,再没有冰块轻轻撞击杯子的声响。他把握着手中的玻璃杯,习惯使然地轻轻晃动着,安静得就像一粒伤心透顶的灰尘——这才叫要命。

我说:"见到你真高兴。我们已经有二十年不见了。"

他悠悠地说:"你的意思是很高兴看到我还活着?"

"别那样说。高兴起来吧,中国有许多崇拜你的读者,我就是其中的一个,相信美国也一样。"

他疑惑地看看我,我心虚起来。真的,中国还有多少读者知道他并热爱他的作品?想来美国也是同样。可是美国有种谎言叫作"白谎",那是一种出于善意的谎言。

"你还写吗?"

"刚刚出版了一部长篇,名字叫作《无字》。你呢?"

"偶尔。"就连说起比爱情还让我们神往的事情,他也还是那样消沉。

我不知道怎样才能帮助他。二十年是个不短的时间,多少让人消沉的事情都可以发生。我没有,即便在心底也没有问过自己:冯尼格特遇到过什么?是什么毁灭了这样一个对什么都会说"不"、随时都会爆发、什么都不会放在心底腐烂发霉的人?

我又何必问一个为什么,我应该了解,既然进入这种情况,总有一千个微不足道的理由;而不是什么特别的理由,就足以让人自杀或是发疯。

也就在那一刻,我知道我可能走出深渊。一个想要帮助他人的人,不可能是一任自己沉落到底的人。

临别时他对我说:"祝你好运。"

我说:"说'不'吧,像从前那样。求你了。"

他淡淡一笑,没有回答。也许他二十年前早就作了回答:"如果我的书对社会没有用,我对写作也就没有兴趣了。"

更可能是对活着也就没有兴趣了。

这本是一个不再需要文学的世界,不但不再需要文学,也不再需要古典精神。这岂止是文学的悲剧。

即便如此,还是可以说"不"啊!

又及:二〇〇五年冯尼格特出版了《没有国家的人》,尽管业内人士叫好,可再不能像二三十年前那样引起轰动了。他喊出的这个"不",就像撞上了空气,没有回声。

这不是冯尼格特的错,不是。

面对一个时代的退隐、塌陷、消亡,我又何必不自量力地请他说"不"呢?

尽管我的目光也不再于"沉重的肉身"上停留,可冯尼格特是我文学的青春,以及有关文学青春的记忆。

"我们这个时代肝肠寸断的表情"

有多少事我们永远无法预料。

说不定它们在哪个犄角旮旯里瞄着你、等着你,然后轻而易举地将你射杀。

说不定什么东西不意间就闯入你还算平整的日子,于是你不得不穿针引线,将你的日子重新补缀。而且,从此以后,不管你愿意还是不愿意,只好带着这份不请自来的牵挂,走南闯北。

不过,你也许因为有了这样一份不请自来的牵挂而悲喜交集……

谁知道呢。

对于绘画,我不过是个业余水准的爱好者,却因为海走天涯,得到不少欣赏的机会。

既然几次出入阿姆斯特丹,怎能不参观伦勃朗和凡·高的藏品博物馆?

那些博物馆的入场券,偶尔会从某一本书中滑落,捡起来看看,背面多半留着我潦草的笔迹,记载着当时的感受,尽管很不到位,可那是我用过的心。

伦勃朗是西方美术史上最伟大的画家之一,尤其是他的肖像画,据说出类拔萃、构图完美、明暗对比无人能出其右,准确地表现了人物的性格和内心等等。

"比金钱更重要的是名誉,比名誉更重要的是自由。"似乎是伦勃朗的座右铭。

如果这一行文字的首尾两端不进行连接,可以说是功德圆满;如果连接起来,可就成了一个怪圈。

人对色彩的倾向、选择,不是毫无缘由。红金、橙金、褐金,是伦勃朗惯用的色彩,他一生创作多多,但我们几乎可以在他的任何一幅画作中,分离出黄金的质感。这使他的画面,尤其是肖像画的画面,呈现出一种"富贵之气"。

这是否是伦勃朗后来被称为"上流社会的肖像画家"的原因之一?或是这种"富贵之气"原就是为所谓上流社会准备的?

不过伦勃朗的事业,正是从"上流社会的肖像画家"开始走向没落。所以,一个艺术家的作品,比他的宣言更真实,以至无可辩驳。

"富贵之气"对我是一种天然的阻隔。使我无法进入颜料后面那一花一世界,一叶一菩提的境地——对于肖像画,我难免带有作家的期待。

说到"准确",惟妙惟肖得如同高保真复印机复制出来,人也好、事物也好,一旦被这只复印机捕捉,只能僵死在那里。

面对这种僵死与流动的思想、内心间的距离和沟壑,还能说是"准确地表现了人物的性格和内心"吗?

而我对凡·高风景画的兴趣,也远远胜过他的肖像画。

总之,阿姆斯特丹的朝圣之行,并未鼓动起我对肖像画的兴趣。

还有,那时的我比起现在的我,是如许的年轻……

有一种老套而又老套的办法其实一直在耐心地等着你,等着你自己来修正自己,那就是岁月。

对一首诗的阅读史,实际上是心灵的跋涉史。

对一幅绘画的阅读史,也同样是心灵的跋涉史。

正所谓一岁一心情。

那天,凡·高创作于一八九〇年六月的肖像画《尕歇医生》(Doctor Gacher)突然闯入我的眼帘,而且是他拿手的黄蓝色调。

看过不少画家画过的脸,没有哪张脸能像尕歇医生的那张脸,一瞬间就把我揪回我曾逃离的地方。

对于尕歇医生,凡·高曾说:"我们这个时代肝肠寸断的表情。"

不,凡·高,你过高地估计了未来时代的精神力量,这种"肝肠寸断"的情状,并不仅仅属于你那个时代。

虽说那是一幅质地粗糙的印刷品,然而,无由的荒凉,一瞬间就像凡·高的向日葵,在我心里发了疯似的蔓延。

凡·高,凡·高,你不缺乏灼人的阳光,却无法终止这种荒凉的蔓延和疯长。

我下意识地掉转头去,清清楚楚地知道:那是一种危险。

可我又马上调转头来,将那孤独的忧伤,搂进我同样没有一丝热气的怀抱。

一生看到过许许多多的眼泪,自己的,他人的。在我们不长的人生里,我们得为忧伤付出多少力气。

可是尕歇医生用不着眼泪。

医生不再年轻,他的忧伤当然不是绿色的忧伤,那种忧伤只要遇到春天就可以康复,也许不用等到春天。

他的忧伤甚至不属于感伤的秋季,无论如何秋季也有来日,而他的忧伤是没有来日的忧伤,再也等不到生的轮回。

那一条条皱纹,都是紧抱着绝望,走向无法救赎的深渊的通道。面对那无数通道织就的网,你只好放弃,知道无论如何是无能为力的了。

凝视着虚无的眼睛里,汨汨地流淌着对忧伤永不能解的困惑,直至流尽他的所有。眼眶里剩下的,只是忧伤的颗粒、结晶——那忧伤中最为精华的部分。

谁说忧伤是沉默的?

我明明听见有什么在缓缓地撕裂,与此同时,我听见另一个我发出的声嘶力竭、歇斯底里的尖叫。你一定知道蒙克的那幅《呐喊》,那一刻,我就是站在桥上呐喊的那个人。

谁说绘画仅仅是色彩、光线、线条的艺术?我明明听见它的吟唱:抽丝般的幽长,悠悠荡荡,随风而去,渐渐消融在无极。

……

医生逆来顺受,甚至没有挣扎的意图,他不吸一支烟,不喝一杯酒,不打算向任何人倾诉……因为,他的忧伤,是无法交付给一支烟、一杯酒、一个听众的忧伤。

忧伤不像欢乐,欢乐是再通用不过的语言,而忧伤只是一个人的语言。

但是我听懂了、读懂了你的忧伤,医生;

也明白你为什么忧伤,医生;

因为你就是我独一无二的解释和说明,医生;

……

无论如何。

尕歇医生那张平常之至的脸,却因它的忧伤而永垂不朽。

凡·高曾不容置疑地说:"我已完成带有忧郁表情的肖像画《尕歇医生》。对于那些看这幅画的人来说,可能觉得他模样挺怪,既悲哀、绅士,又清晰和理智。那就是许多肖像作品应该追求的境界。有一些肖像作品可以有很长时间的艺术感染力,在许多年之后,还会被人们所回顾。"

不知道多年以后,自己的文字是否被人回顾。

我问自己:你为什么留下那些文字?

……

我们曾经的梦想,已经无可追寻,而人生不过如此。

于是我的三月、四月,于今年提前来到。

我那风姿绰约的夜晚

除了雨雪天气,每天坚持散步一个半小时,即便在圣诞夜。

在 Schoeppingen 的散步不仅仅是散步,而是精神沐浴。

空气干净得像是刚冒出泉眼的泉水,虽然有点凛冽。

周遭是千姿百态的树林,远处是错落有致、具有欧洲特色屋顶的房舍。

天空碧蓝,蓝得使我觉得自己可以飞翔,使我觉得像是回到了活力四射的青年时代。

此情此景恰似许多电影,尤其是西方爱情片的外景,不说你也熟知那些镜头,我就别再啰唆。不过若是有个搭档,对待爱情也像我这样的不恭敬,即便两个小时的演出,也不会没有看头,仅周遭的景致就够迷人……

如此不敬地"谈情说爱",都是"经验"的过。

活力有时真可以欺骗你那么一会儿,尤其没病没灾的时候,让你以为回到了从前。可是"经验"却不会退隐,它始终在遏制你。青春是没有经验的,人一旦有了"经验",是再也回不到青春年少地"老"了,那是真"老"。

即便老到如此境地,仍然不乏男士的爱慕,几位男士虽不能与贝克汉姆相提并论,但也绝不像某位诺贝尔奖得主那样"摇摇欲坠",上演一场"姐弟恋"绝对没有问题。

前些天还有一位男士在国际长途电话中说:"我曾经爱过你。"

就像普希金的一首诗,开头一句就是这样:"我曾经爱过你……"

我回答说:"对不起,我从没有感觉。"

他说:"你不给我说话的机会。"

在我们的一生里,就这样轻而易举地错过许多。

那么从头开始?

不仅仅是回头草吃不得,而是如何对他说:"我只能陪你演出两小时?"

固然世上再没有一种东西比爱情更不可靠,所谓两情相悦最终不过是一场演出,可你总不能一开始就对人家说,我只能陪你演出两个小时。

艺术村的艺术家们都回家欢度圣诞去了。在欧洲窜来窜去即便从德国往返于法国、葡萄牙,也是近在眼前。

只剩下我和那位奥地利作家,他和我一样,同属无家可归的流浪汉。当然我有房子,但有房子和有家是两回事。这为无牵无挂浪迹天涯创造了条件,经常流浪的结果是,不论走到哪里,都能迅速融入当地生活。

而且对于节日没有什么特别的感觉。于我来说,这一天和那一天没有什么不同。除非那天是某个至爱亲朋的生日,或获了一个什么文学奖,或有过一顿难忘的美食,或来自至爱亲朋一个特别的关怀……

Rorthwitha 和 Mr.Kelling 担心我会感到寂寞。我说,不,实际上我很享受"独自"。

信不信由你,"独自"是一种享受。

也许你现在感觉不到,总有一天你会发现,它是一种享受。我说过,"享受"是需要学习的。

我只担心一件事,那位奥地利作家一旦发起酒疯,会不会发生意外。

不过我也好不到哪儿去,两天我就会喝掉一瓶红葡萄酒,如果不控制自己,一天喝掉一瓶也说不定。这里的红葡萄酒可供选择的余地太多,真让我眼花缭乱,只好一瓶瓶地试下来。每一种品牌都有自己的口味,而我哪一种都不肯放弃,最后决定轮流"坐庄",直到我离开。

曾经有过收集葡萄酒瓶塞的爱好。那不仅仅是酒的一方资料,仅就瓶塞而言也是各具风情。方寸之地,气象万千:软木塞上烙着产地、品牌、年份、商标,特别是商标,真是风情万种……

有时甚至是一种回忆。比如:与哪位至爱亲朋共同享用过这瓶酒?记得当年与朋友享用一瓶香槟,用尽的酒瓶放在了床头柜上,连续几个夜晚,瓶底的醇香都不肯消散,一直伴随着我的睡眠……以后再也没有遇到过那样酒味醇香、口感上乘的香槟,其实再买一瓶不难,难的是再也没有那么合适的一位朋友共饮了。

从前以为法国葡萄酒是世界上最好的葡萄酒,其实只要在欧洲住得久一点,有机会多多品尝,就知道自己是坐井观天了。意大利、西班牙、甚至墨西哥的葡萄酒都不错,可以说是各有千秋,就看你喜欢哪一口了。

当然德国啤酒是好啤酒,也是可以放心喝的啤酒,绝对不掺甲醇。可我酒量有限,只能主打红葡萄酒。错过了德国的啤酒自然可惜,至少回去还能找到替代者,北京的"燕京"、青岛的"青岛"都很不错。葡萄酒就未必了,机会难得,还是抓紧喝吧。

奥地利作家经常喝的是啤酒,酒量为一日十瓶,这是他自己公布的数字。一般来说,你不能相信一个酒鬼公布的数字,他们公布的数字通常偏小。

啤酒的酒精含量是百分之五,红葡萄酒的酒精含量是百分之十二点五,我不知道综合下来,一天之中我与他究竟谁喝的酒精多。

好在我除了面呈红色,从不失态。不过面呈红色也够粗俗,所以我只能躲在屋子里自斟自酌,如果到了公共场合,一杯为限。

空气更好了,昨天下了一场雪。

边走边仰望空中的云朵和飞翔爱好者的恣意消遣。

飞机的白色尾气,在黄昏的夕照中变为一条条剔透、闪亮的金线,纵横挥洒于天际,那是对"独自"何以成为享受的解释,也是对"独自"这种享受的渲染……

如果这时有人看到我,一定奇怪这个异国他乡的老太太是不是有病,仰头朝天、原地打转;自言自语、失声大笑;时不时还蹦起来想要攀天。

这种毫无缘由且不由自主的欢笑,我已经丢失了几十年。对有些事物来说,几十年算不了什么,对丢失的一种欢笑来说,真是有点太长了。

云彩变幻莫测、难以了然,不由地追逐着它的究竟,心也就随云去了……散步时间往往延迟,自然是因为云。

我有时什么也不干,就是手握一盏,坐在落地窗前看云,一看几个小时,怎么看也看不厌,怎么看怎么觉得它是一个说不尽的故事。

即便是阴云、雨云、云雾……也能让人品味无穷。

同是阴云、雨云、云雾……比起一九八六年秋天我在英国约克郡勃朗特姐妹的故乡"呼啸山庄"看到的,又不尽相同,想不到竟柔软许多。

记得我还写过一首诗:《到呼啸山庄去》

  总是赶上阴雨天气。
  天幕低垂。
  风黑且急。
  寒冷的云从荒原上急剧滑下,
  将我和周围的一切,
  淹没在它的荒凉里。
  四野的山石依旧峭立,
  狰狞而阴沉地打量着,
  思量着。
  一刀一刀地切割着、
  抽打着它和行人目光的疾风。

  墓地里的灯光,
  苍老、昏沉。

蹒跚地穿过,

又是风,

又是云,

又是雨的荒地。

铺上她已经长满青苔的

屋舍和院落。

而将生者带进死者的坟墓,

讨论爱情的必要或无稽,

在如此绵长的雨中。

让诗人见笑了。

虽然看起来,德国人也很冷漠,可是如果交朋友,不说绝对,只能说大部分情况下,德国人比可爱的意大利人或浪漫的法国人,友谊更为长久。

街上行人渐少,车也渐少,终至乌有。情况像是北京的大年三十,到广济寺给母亲上香回来,大街上除了灯影,很难看到行人。102路电车也成了我的专列,在北京这样一个人挤人的城市,这景象总让我觉得怪怪的,不似人间所有。

所有的窗口都亮起了灯,圣诞节特有的灯,这也没什么特别,差不多半个月前,家主妇们就开始准备这个节日,尤其是窗户,平时总是低垂的窗帘,现在也撩起了面纱。

尽管门窗紧闭,可我还是听到了对一个旅人来说,最为温馨的声音——傍晚时分,从路边一座座房屋里传来盘盏刀叉相击的声音,预示着家庭晚餐即将开始。即便是平日,家常晚餐也足够动人,何况是圣诞节的晚餐。

如果,比如,十年前,我一定对这些声音、这些灯光羡慕不已,并备感这个时节独自一人的凄凉。

此时此刻我却温婉地笑着,想:在那昏黄得如此温馨的灯影下,指不定有多少不能与人言说的烦恼,甚至是痛苦呢。

谁又能说"独自"注定是不快活的?!

一会儿回到住所——那栋建于一六二九年的老房子,先斟上一杯。备有鲜花的餐桌上,并列着三瓶口味不同的葡萄酒呢,还有那许多单单是我喜好,而不必考虑他人口味的美食在等我享用,谁又能说"独自"的圣诞晚餐不完美?

虽然买了圣诞节的蜡烛,但是因蜡烛的精美,我不会在今夜点燃。

也许有人会说,如果能与亲爱者对酌,岂不更好?

好是好,可谁知道他兜里揣没揣着冯小刚先生的那部"手机"?那种与人共享一个男人的经历,我再不愿重复。

不是爱情自私,而是我太喜欢"独自"。

经过画家楼,底楼小展厅里还有灯光。走近一看,是某人的新作,尽管还稚嫩,还不能说是成功,但在灯光的映照下,竟有了点味道。

有时候,灯光是道具,声响也是。

/ 157 /

第三辑　乘风好去

帮助我写出第一篇小说的人
——记骆宾基叔叔

要是我在记忆里搜寻,他是除我父母的影像之外,第一个印入我记忆的、家庭成员之外的人,我称他叔叔。可我那时并不知道他是作家,如同他不知道我长大以后,会成为什么样的人。

珍珠港事变后,在桂林,有很长一段时间,他住在我们家,由母亲做饭、洗衣,照顾他的生活。不过他并不喜欢勤换衣着,除非出门或上哪位太太家做客,才会换上一件我母亲为他洗烫平整干净的衬衣。也许他想尽量减少母亲的负担,更可能的是他根本不修边幅。因为几十年的岁月证明,就是在我有了婶婶之后,他也依然如故:衬衣领子总像没有洗过,质地很好的毛呢大衣里,不知藏着多少尘土,被子、床单的情状,和衬衣领子差不了多少……好像仍然过着没人照料的、单身汉的潦倒日子。

他吸烟吸得很凶。清早起来,只要他一打开房门,便有浓浓的烟雾滚滚涌出,他那窄小的房门活像个大烟囱。好像他一夜没睡,挺辛劳地烧了一夜湿柴火。

长大以后才知道,《北望园的春天》那本集子里的好几篇小说,就是他穿着脏衬衣,在那冒着团团烟雾的房间里写就的。要是我想念儿时在桂林的生活,我会在那本集子里找到昔日的房间、竹围墙、冬青树、草地、鸡群、邻家的保姆和太太,以及我父亲、我母亲和我自己的影子。

我自认并非十分淘气的孩子,但我经常挨父亲的揍。或因为他的心情不好,或因为没钱买米,或因为前方战事吃紧,或因为他在哪里受了窝囊气……好像一揍我,他的心情就可以变好,就有钱买米,前方就可以打胜仗,他便不再受人欺凌……

因此,大概叔叔也认为我是一个不堪造就的孩子,不然为什么老是挨揍?也因此我想他是不喜欢我的,我也不曾记得他和我玩耍。

虽然一九七九年第四次文代会期间,有人鼓励我的创作,他说:"那是不会错的,小时候就很聪明,我带她上街,每每经过糖果店,她总是说:'叔叔,我不吃糖。'"

"那么您给我买糖了吗?"

"当然是买的了。"

并非我要为自己小小的狡黠辩白,这件事我一点也不记得了。

我们的友谊是在以后。

一九五四年我们开始通信,那时我还在抚顺读中学。

我想我之所以写信给他,是因为不知哪本书或哪首诗引动了我对文学的兴趣。我像某些自视极高的文学青年一样,对文学其实一知半解,可不论对什么都敢妄加评论,以为文学不论是谁想干就能干,是不费吹灰之力,就可以随便进去胡说八道的清谈馆……

我对他的教训感到非常失望,觉得他对我板着作家的面孔,挑剔、难以对话,我这儿也不对、那儿也不对,有时我还使小性子……总而言之,我多半还是把他当叔叔,而没有当作家。

其实他对我的所谓创作极其认真,并不因为我是他的晚辈而对我有些许的不平等。他送给我的每一本书,都郑重其事地签上名字,端盖着印章。

一九五五年春天,他去黑龙江国营农场体验生活,特地绕道抚顺看我,住在车站附近一家二层楼的小旅馆里。那旅馆的名字我全然不记得了,只记得窄小的楼梯和昏暗的灯光,住在那里,一定很不舒服。

对一个珍惜时间的作家来说,绕道抚顺耗费的两天时间意味着什么!在这之前,他曾写信给我"……明天是你的节日,我送一点什么礼物好呢?一时想不出来,钢笔一定是你需要的,又不好邮,是不是我路过沈阳的时候带给你呢?又不知抚顺离沈阳多远,坐几个小时的火车……"

从沈阳绕道抚顺显然难为了他,他可不是跑单帮的角色,但他还是来了。

他看到我很高兴,我一定使他想起青年时代许多美好的回忆,或不如说我就是他的青年时代。

那时我真不懂事,我甚至不记得他对我说了什么,而且他走的那天下午,因为学校开运动会,我竟也没有请假到车站为他送行。记得我后来写信向他表示歉意,虽然他在回信里说:"……生活就是这样,有时如

/ 163 /

你心,有时不如意。因为环境究竟是决定人的意识的第一性……"但我感到,我还是伤了他的心。

我越是年长,越是后悔,那次运动会我就是不参加又算得了什么?什么时候我又变成了循规蹈矩的学生?

我常常让他失望。或因为任性,或学习不好,或政治不求上进,或没有考上留苏预备生(这是他多次写信寄希望于我的),或我要看什么演出,等他给我买好了票,我又没去看等等,只有一样我如了他的愿,考上了北京的大学。

到北京读书后,若是我久日没有消息,他便会来信问我生活怎样,是否需要钱用,学习如何、有没有长进,又写了什么新诗,拿去给他看看……

大学一年级时,我忽然写起诗来,他却认真地当回事。劝我多读涅克拉索夫《谁在俄罗斯生活得自由?》那样的著作,而普希金的译文,以瞿秋白的《茨冈》为最好……

而我听了也就听了,写诗于我不过是一阵心血来潮的冲动,却耗费他许多时间,去审读我那既无才情、又未经过苦心推敲的诗句,之后还要对我认真地加以指点。

等我自己也开始写作,也碰上那种连认识也不认识的人,动辄拿来一本几万、十几万的文稿"恭请指正",我才知道厉害。

我把自己正在写的、编辑部急等用的文章丢在一边,一字字地给他看完,并给他联系好出版社,请他和出版社谈谈,听听出版社的意见,如何将文章改得更好……他却把这部稿子扔到一边,又拿来一部几万字的小说"恭请指正"。我真佩服他们的才思,敏捷得如同自来水龙头,只要一拧,就哗哗地往外流。

他们或是要求你给他介绍这位名人,或是要求你给他介绍那位影星,好像那些名人影星全在我兜里装着,随便一掏,就能掏出几个。

可是,他究竟要不要写点什么?这样问题是不能问的,你若问了,他就会不高兴,说你傲慢,背地里还会把你骂得狗血喷头。

这景况真有点像鲁迅先生说的"谋财害命"。

同样,我那时也差不多是这样无偿地剥削了骆叔叔。说无偿,是因为我并未写出,也没有打算认真写出一行像样的诗句,来报答他对我的栽培和他为我付出的辛劳。

写诗的冲动,终于像水一样地流过,我连那个写诗的笔记本也没有留下,他也不再提我写诗的事。

一九五五年三月,他写信告诉我,他正在写一个有关父亲和女儿的故事,那就是后来发表的《父女俩》。信中详细地写了故事的梗概和立意,而我却是在若干年后才去读它。

和我这样一个浑浑噩噩的毛孩子谈创作,一定是因为创作的激情在猛烈叩打他的心,他希望有人来分享那一份冲动。而我那时却不懂得这份愉悦,如果我没记错的话,回信时不但对这篇小说没有些许的反应,好像提都没提。

而现在,我会不时翻开他的小说。它们始终经得起琢磨,我敢说,他的小说在中国文坛上堪称一流。

能够认真听取他的指教,并和他进行认真的对话,是在我吃尽苦头,栽够了跟头之后。

一九七三年,我从干校回来后,常去地安门寓所看望他。那是一个已经不能写作的时期,以后还能不能写,谁也不知道,反正已经有好些人下决心洗手不干。我以为他被那样批斗之后,也早已死了舞文弄墨的心。谁知他从床底下,从抄家后仅剩一个的书柜里,从案头,捧过一摞摞手稿,像儿童一样得意地告诉我,他在研究钟鼎文,并在编著《金文新考》。

我环视他那间破败不堪、摇摇欲坠的房子,不知怎么想起曹雪芹的晚年。天棚上,几处裱纸,像北方小孩冬天用的屁帘儿一样耷拉着,穿堂风一过,它们就飘摇起来。

电灯是昏暗的,那几年电力不足,老是停电。

仅有的一张写字台上,不但堆放着书籍、稿纸、笔墨,也堆放着切菜板、大白菜、切面、菜刀、碗盏、煤油炉子……

由于没有厨房,一到做饭的时候,这间屋子里满地堆放着炒锅、砂锅、洗碗的水盆、洗菜的水盆、和面的面盆……我只要找到一个能坐的地方,就再也不敢轻易起来走动,生怕一不小心踢翻什么盆子。而找到一个坐的地方也不容易,每个凳子上或放着米袋子,或放着报纸,或放着暂时不穿的衣服。

房间里真冷,煤球炉子经常灭火。我每次去看望他,几乎都要碰上生炉子这个节目。煤球炉子倒挺容易生着,可我们经常因为谈话忘记加煤球,然后不得不重新生炉子。有几次我冻得不得不穿着皮大衣坐在房间里,在这样冷的房间里伸出手指头握笔写作,一定很辛苦,再说,他可坐在什么地方写啊?

那个时期,大概难得有人和他,也难得有人和我谈论这类话题,我们常常谈得很兴奋,婵子就会心惊肉跳地阻止我们:"小声点,小声点!"

"文化大革命"初期,她让隔壁的邻居打怕了,我却恨不得找茬儿和那邻居打上一架才好。他们欺人太甚,一家子的自行车不放在自家门口,全放在叔叔家门口,弄得进出很不方便;一盆盆污水,有意往叔叔门口倒;逢到这边来个人,就假装晒被子、晾衣服,支着耳朵听这屋子里的动静,然后好去汇报……那个家里的人,怎么个个像是走私贩子,或旧社会在天桥卖大力丸的骗子。

自从萧军伯伯和他儿子出于义愤,在院子里来了一次"军事演习",让他们知道与这屋子来往的人,并非都是手无缚鸡之力的儒生后,他们才有所收敛。

而且,谢天谢地,后来可搬了家。

他一面根据对金文的重新考证,对我重新翻译《诗经》里的诗句,如"关关雎鸠,在河之洲",一面在那吱吱嘎嘎响的小圆桌上,给我包馄饨。于是那馄饨许久方可包完。

我很爱吃他包的馄饨,比我们家那没有多少油水的馄饨好吃多了。肉馅里不放葱花,也不放酱油,只放盐和味精。而我们家包饺子、馄饨,从来没有清一色地只放肉而不掺青菜的勇气。

还有好吃的家乡菜,野鸡末炒酱瓜、口蘑。

他对我说,脱稿之后,想请郭沫若同志看看,听听郭老的意见。

我说:"去找他吧。"好像说去商场买筒茶叶,或去北海遛个弯儿那么痛快。

他却狐疑地望着我,好像在问:"你说话负不负责任?"

这种神色我再熟悉不过。他与人谈话的时候,常常是这副将信将疑的样子,长久地盯着对方的脸,好像老也闹不明白你在讲什么。要想说服他才难呢,任你口沫飞溅地说上半天,他要么轻轻地问上一句:"是哦?"要么一言不发,笑嘻嘻地看着你,小小的眼睛里闪着狡黠的光,好像在说:"老弟,说破了天,我也不会上你的当!"那是一种源远流长的、农民的固执,哪怕他有一天得了诺贝尔文学奖也不会消解。

据我了解,他始终没去请郭老看看。照他的地位、他和郭老的关系,请郭老看看并不为过。

一九七八年初,时值中央音乐学院招考新生完毕,我们都为打倒"四人帮"后恢复的高考招生制度而高兴,他给我讲了音乐学院招生工作中一些感人的事情,那些事例当时在社会上流传极广。他鼓励我把这些事情写出来,并对我说,因为我对音乐的喜爱,这个题材对我很合适。

怀着忐忑的心情,我动笔写这篇小说。我写得很吃力,正当我非常为难的时候,他突然因脑溢血住进了医院,我当然不能再为这篇小说给他添乱。幸好曲波同志算是我的先后同事,小说请曲波同志看过两次,并听取了他许多宝贵的意见。

去医院看望骆叔叔的时候,他还不忘这篇小说,问我写完了没有。还说写完以后,要请丁宁同志过目,因为这些故事还是上年他宴请大家时,丁宁同志在饭桌上讲的,当时李準同志对这个题材也很有兴趣。

听他的意见,小说又请丁宁同志看过。

但这篇小说不但被《人民文学》杂志社的王扶同志退稿,还被批评得一无是处。我以为这篇小说再不会有出头之日,便丢在一旁,从此也不再做写小说的梦。

他出院后去小汤山疗养之前,又问起这篇小说,并一定要我读给他听。我对这篇被枪毙的小说已然毫无兴趣,念得干干巴巴、有气无力,断句也不清楚,而且念得飞快,根本不打算让人听个明白。我不过是在应付差事:因为他要我读,我不得不读。我还想向他表示,我努力过了,但事情的成败由不得我。

可是,我看见他的眼圈儿红了,我的声音也不由得哽咽起来,我是为他的感动而感动了。

他说:"好,很好。"

我不相信。也许这是他对我的安慰、怜悯,或是偏爱。

他坚持让我再送另一家杂志。

可以吗?我仍然不相信小说有发表的水平,并且我对他说,小说的标题也不算好,我们推敲了几个,最后他说:"就叫《从森林里来的孩子》吧,它开阔,背景显得雄厚。"

……………

小说正式发表后,他似乎比我更高兴。立刻写了一封信给我,那些赞赏的话,我就不便说了。

我赶到小汤山去看他,他不止一次地说:"你爸爸一辈子想当作家也没当成。"口气里流露出深深的遗憾,眼睛也不看我,好像在看着很远很远的地方,好像在看他自己,看我父亲,以及他们同代人走过的那条路。

我说:"他一生为人处世,太过小聪明。"

他摇摇头,表示不满意我用这种口气说到我的父亲。我不再和他争辩,但我知道,我绝没有说错。父亲其实是个可怜的人,太过小聪明,却又大半辈子仰人鼻息。等到一九四九年后,可以重打鼓另开张的时候,却韶华已逝,已经养就的很多毛病,已很难改变,更何况不久又成为《人民日报》榜上有名的大右派……他虽活着,但他的一生似乎已经了结,翻开在他面前的那本大书,已经是另外一页,记载着另外一些人的故事。

想起小时候,常常听见锋芒外露、嘴不饶人的父亲,刻薄、抢白、看不起骆叔叔。结果谁成功了?如果父亲能像骆叔叔这样勤奋,相信他也会成功。这样一想,我又为父亲感到惋惜,虽然我并不爱他。

我对他的感情,还不如我对骆叔叔的深。在我成长的过程中,骆叔叔给予我的,远比生身父亲还多,就连他写给我的信,也比父亲给我的多,且不说期望于我的、教诲于我的。

你是我灵魂上的朋友

"你有一个坚硬的外壳。"有人对我说。

什么意思？

是指我性格倔犟，还是说我仅有一个坚硬的外壳？

去年秋天冯骥才出访英国，临上飞机前的两小时，打电话给我，他为刚刚听到的、关于我的种种流言蜚语而焦灼。

他说好不容易才找到我的电话号码；说他立刻就要到飞机场去，然而他放心不下我。"我和同昭早已商量好，要是你碰到什么不幸的事，我愿意为你承担一切……"

我安慰他："没有什么，你放心。我做过什么没做过什么，自己还不清楚？"

"我不知道怎么保护你才好，张洁，我恨不得把你装进我的兜里。"

"是的，是这样。"我笑着说。

最后,他还是很不放心地放下了电话。

我呆呆地守在那部公用电话机旁,不知是该大哭一场,还是该大笑一场。

他为什么非要把我硬起心肠丢掉、再也不去巴望、早已撕成碎片且一片片随风飘散的东西,再给我捡回来呢?

我哭不出来。

我听见我的心在哀号、在悲诉、在长啸,可我一滴眼泪也挤不出来。我是多么羡慕随时可以失声痛哭的人,那真是一种幸福。

他让我想起读过的狄更斯,想起他小说中的一些人物:辟果提、海穆、赫尔伯特、乔……

其实我们几乎没有更多的来往,仅有的几次交往,也是匆匆忙忙,很少长谈的机会。

一九七九年底全国第四次文代会期间,他到我家作过一次礼节性的拜访;一九八〇年春,全国优秀短篇小说奖发奖大会期间,我没住会而是迟到早退,他也来去匆匆,提前返津;一九八一年五月他来京参加中篇小说发奖大会,我去会上看望他;他访英回来,与泰昌、小林来看望我……如此而已。

但我相信他对我说过的那句话:"你是我灵魂上的朋友。"

一九八〇年初冬,十一月十六号。听说他病得厉害,曾晕倒在大街上,便相约了谌容、郑万隆去天津看望他。

一出天津火车站,在那熙熙攘攘、万头攒动的人群之上,我看见冯骥才,像一头大骆驼站在一根电线杆旁,高高地举着手,左右晃动着向我们示意。标志很明显,因为食指上包裹着耀眼的白纱布。

他很兴奋,前言不搭后语,而且心脏又感不适。这让我们不安,然而他说,一会儿就会过去,这是因为他太高兴了。

我问他食指上的纱布何来,他说是因为给我们准备"家宴"菜肴时,被刀切了一下。他们家,从头一天就开始张罗起来了。

长沙路。思治里。十二号。

我们顺着窄小的楼梯鱼贯而上。我看见一方红纸上,他手写的一个大大的"福"字,倒贴在楼梯拐角上,喜气洋洋地迎候着我们。这让我想起离现在已经很远的关中那个小镇上的生活。我不知它是否确如它所表现的那样,肯将它的恩泽分一点点给我。我是怎样希冀着它,这从不肯敲我门的、其实并不公正的家伙。

楼梯尽头,权作厨房的地方,冯骥才那娇小可爱的妻,正为我们忙碌着。她个头儿只到冯骥才的肩膀,腰围只有他的三分之一。我真担心他一不小心,会把她碰碎。就在那里,他张口对我说:"我和同昭都喜欢你刚发表的那篇《雨中》,她看着看着都哭了。"

同昭真诚地点着头:"是的。"

"谢谢。"我说。我从不知道这个世界上,还有人肯同我一起伤心落泪,这让我微微地感到惊讶,我已经那么习惯于独自体味人生。

他那间屋子,可以称得上是真正的阁楼。一张床几乎占去四分之一的地方。床上的罩单,像"天方夜谭"里的那张飞毯。四壁挂满了绘画、照片、佩剑、火枪——好像《三剑客》里达达尼昂用过的那把——一类的玩意儿。

那屋子我虽只去过一次,但我几乎可以想起塞满房间的每一件东西的位置。对我这个常常心不在焉的人来说,实在少有。当然,这多半还是因为他房间里的每一个物件,都不能不给人留下深刻的印象。

比如悬挂在那把佩剑和火枪上方的同昭的彩色小照,纤丽、恬静。他对我诉说青梅竹马的往事:"我们家和她们家只隔着一道篱笆,我常钻过篱笆,到她们家偷吃苹果……"

那篱笆呢?那苹果呢?那男孩和女孩呢?

同昭的脸上浮起明丽的微笑,我知道了,他们相爱,一如当初。

对别人的婚姻和家庭,我一向抱着怜悯和将信将疑的态度。挑剔而苛刻的眼睛,总可以捉到他们家庭生活中每一个细小的罅隙和不足,以及让人失望、扫兴和琐碎得无法忍耐之处。可这一次,破天荒地,我感到满意。

"她本来可以学芭蕾,可惜因为肩膀太溜……"

"后来呢?"我不无遗憾地问。

"学了画画。"他拿出同昭画的一个彩蛋。真令我惊叹,一个小小的蛋壳上,竟画有一百多个神采风姿各异、栩栩如生的儿童。那需要多大的耐心,多高的技艺,多奇巧的构思!

"她画的彩蛋,在华沙赛会上得过奖呢。"

对的,当然是这样。

我分不清他那些宝贝里,哪一件最有价值。

是镜框里那已经断裂,又细心拼接起来的敦煌壁画,还是儿子为他画的那张画像……

可惜那天他儿子不在,说是带着什么吃食去看望他的保姆了。有什么好吃的,儿子总忘不了带他长大的保姆。

那幅画上题着儿童的字体:爸爸。

简单的线条,勾画出刺猬一般的头发,一管很大的鼻子,一副悲天悯人的眉毛,一双多愁善感的眼睛,一嘴粗得吓人的胡茬子,每根胡茬子有火柴头那么大。它和冯骥才绝对的不像,可又实在像极了。小画家一定抓住了冯骥才骨子里的东西,画里透着作画人的聪慧、幽默和诙谐,和那些出自名家的艺术品相比,那幅画自有它特别的动人之处。

看到我赞赏他儿子的画,他立刻拿出一幅画给我。那幅画镶在一个金粉剥落的旧框子里,仿佛不知是多少年的古董。他说:"这张画是我特地为你画的,别介意我用了一个旧框子,我有意选了这么一个框子,这才配得上这幅画的情调。我一直把它放在钢琴旁边,现在,乐声早已浸到画里去了。"

我的心,陡然缩紧了,却调转话锋:"你的琴弹到什么程度了?"

"弹到内行人没法听,外行人听不懂的程度。"

我笑了,心里感谢着他对我那无力的挣扎,所给予的援手。

我定睛去看那幅画——

萧瑟的秋日,沼泽、黄昏、低垂的乌云、雨幕、稀疏的小树林子、灌木、丛生的小草,以及在黄昏最后一点光线里,闪着白光的水洼……忽然,心头被猛然一击:天边,一只孤雁在低飞,奋力地往前伸着长长的脖子,被淋湿的翅膀紧贴着身体的两侧……唉,它为什么还要飞,它这是往哪儿去？在这种天气,这种天气!

仿佛一首悲怆的交响乐戛然而止,只剩下一把小提琴无尽地向上回旋,如诉如泣,撕人心肺。

他说得对,乐声已经浸到画里去了,我分明听见。

那幅画,那个镜框,别提有多凄清、多苍凉了。

他为什么非要画一只孤雁呢?

有人对我讲过捕雁的故事,别提有多残忍:

猎人们整夜守在河滩上,时不时点起灯火去惊扰那只负责打更的雁——仿佛有一条不成文的规定,打更这样的苦差事,往往由那失去伴侣的孤雁担任,也许它也像人一样,由于孤苦而失眠,这种差事对它尤其合适——它便嘎嘎地频繁报警,惊起酣睡的雁群,然而猎人们并不马上行动,而是如此这般,反复再三地惊扰那只打更的雁,直至使它失去雁群的信任,纷纷用嘴啄它、用翅膀拍打它,以示不胜其烦,此后再也不以它的警告为然。猎人们这才出动,这时,只需拿了麻袋一只只地往里捡就是。

还有一个雁的故事,却是动人。

秋天,北雁南飞的时节,一户农家捡到一只受伤的雁,他们把它放在炕头上,为它养好了伤。来年春天天气转暖后,又在屋檐下给它造了个笼子,把它养在笼子里。一天夜里,从天边传来悠远的雁鸣,那正是北归的雁群飞过长空。继而屋檐下的那只雁也叫了起来,声音焦灼而急切,翅膀扑棱得像是挣命。

那为妻的说:"别是闹黄鼠狼吧?"

那为夫的说:"不会,笼子关得好好的。你没听出来吗,好像还有一只呢,该不是它的伴儿认它来了。"

"瞧你说的,有这样的事!"

可是,等到第二天清早出门一看,果然还有另外一只,和笼子里的那只,脖子紧紧地拧着脖子,就那么活活地勒死了,而且至死也不撒手。

想必是笼子里的那只要出去,笼子外的那只死命地往外拽,它们不懂得隔着笼子,就是可望而不可即。

日本拍过一部动物片《狐狸》,动人极了。为什么没有人拍一部关于大雁的影片?要是有人肯花时间观察雁群,一定会发现许多感人落泪的故事。

我不知如何感谢他,却冒出一句毫不相干的话:"我常常不能回你的信,请你不要怪我。"

"没什么,"他宽解地笑笑,不知是宽解自己,还是宽解我。但想了想又说,"计算着该有你回信的日子,一看信箱里没有,有时也失望得几乎落泪。"

"你得原谅我,给你写信得有一种美好的心境,而我久已寻找不到……"

很久了,我的笔再也回不到《捡麦穗》那样的情致和意境,而我又不能写那些"等因奉此"的信给他,我觉得那简直是对他友情的亵渎。

我想这世上一定有许多还不清的债,别人欠着我的,我又欠着别人的。正是如此,才演出许多感人的故事。

午餐是精美的,全是同昭的手艺,颜色好、味道也好。我吃得饱极了。饭后还有我爱吃的黄油点心和咖啡硬糖,可惜我吃不动了。

送我们离去的时候,我和同昭走在人群的最后。她挽着我的手臂,我的两只手插在风衣的口袋里。她的手伸进我的口袋,在我手心里悄悄塞进两块糖,并不说什么。我也没有说话,只是紧紧地攥着那两块糖。我一直攥在手里,却不曾拿出口袋并摊开手掌看看,仿佛怕惊走什么。

晚餐由《新港》杂志做东,我已然不记得进餐过程中,大家客客气气地说过什么,只记得冯骥才对我说:"就写《雨中》那样的东西吧,那里面有你独特的美。"

我沉思默想。我想,我多半写不出那样的东西了。我的感觉已被磨砺得极其粗糙,失去了它的柔和细腻,他多半是枉寄希望于我了。

在只有一次机会的人生里,回去的路是没有的。有人寄托于来生,然而我不相信生命的轮回,我只知这是人生的必然,只有冷静地接受这个现实,虽然不免残忍。

那一瞬间,我想起斯托姆的《茵梦湖》——这样奇怪的跳跃——也想起人们一生中的第一次眼泪。

也许后来我们会以为,引起那一次眼泪的理由微不足道,然而当时,对痛苦和磨难毫无准备的、稚嫩的心来说,却疼痛难当。等到我们慢慢习惯磨难以后,眼泪就会越来越少。

乘风好去

听到冰心先生去世的消息,重又落入母亲过世后的那种追悔。

虽然我叫她"娘",然而我对这个"娘"就像对自己的亲娘一样,心中有过多少未曾实现的许诺!

这些年,我只顾沉溺于自己的伤痛,很少去看望这个疼我的人,说我自私也不为过。

最后一次见到冰心先生,可能是一九九三年,出国前到医院去看望她。她比从前见老了,有点像母亲去世前那几年的样子,心中一阵不宁。可头脑还是非常清晰,我们谈了不少话,关于文学、关于人生,说到对辛弃疾、苏轼、李煜——"太伤感了。"她说——的共同喜爱。

看到我头上的白发,她怜爱地说:"你太累了。"

"唉,心累。"

"心累比身体累更累。所以是'劳心者治人,劳力者治于人'。"

……

后来她看看表,问我:"你吃晚饭了吗?"

我说:"回去再吃也不晚。"

她说:"走吧,该吃晚饭了。"

我的眼泪流了出来。自母亲去世后,再没有人关心过我是不是该吃晚饭这样的问题了。

她说:"我不是撵你走,我是怕你饿了。"

"我知道。"

"带手绢了吗?"见我转身从搭在椅背上的风衣口袋里拿纸巾,她问:"你怎么了?"

"没什么。"

七点钟,我准备走了,穿风衣的时候,她说:"你这件风衣很长。"等我穿好风衣,她又提醒我:"风衣上的带子拧了,也没套进右边那个环里去。"

当我快要走到病房门口的时候,她突然叫住我,说:"来,让我亲你一下。"

我走近她的病床,俯下身子,像我过去离去时那样,她在我的右颊上亲了一下。

走出病房时,我又一次回头看了看她。她正目不转睛地看着我,并向我摇了摇手。我也向她摇了摇手。

谁能想到,这就是她留给我的最后一个吻。

实在说,我并不值得她那样关爱,她对我那份特殊的关爱,只能说是一种缘分,而不是因为我有什么特殊的"表现",更不知她对别人是否也会如此。总之,我觉得她有很多话,是只对我一个人说的。有很多爱,只是给予我的。

一生坎坷多多,每当情绪低落得无以自处,就会不自觉地走到她那里去。她也并不劝慰,常常很简单的一句话,就有指点迷津的作用。

她曾在给我的一封信中说:"听孙女说,你又住院了,到底怎么回事?是不是心脏不好?这要小心,不要写太多东西,'留得青山在',要做的事情多着呢。匆匆。 祝你安康 冰心 十一月十七"

特别她最后给我的那封信,更让我视若珍宝。那时我因母亲去世以及其他方面的打击,情绪十分低迷。她在信中说,你不要太过悲伤,你的母亲去世了,可是你还有我这个娘呢,你这个娘虽然不能常常伴在你的身边,但她始终关爱着你。

我本该引出这封信的全文,但是正像我一生难改的做派,越是珍爱的东西,越是东藏西藏,最后藏到连自己也找不到了。

丢是肯定丢不了的,只是要用的时候却找不到,可说不定哪一天又会不期然地冒出来了。

反倒是她给我的其他的信,就在抽屉里,一拉开抽屉就找个正着。

人们常常谈到她作品中的"大爱",却很少谈到她的"大智"。

《关于女人》那个集子,她就对我说了很多故事中的故事,其中有早年出版时,因"男士"这一笔名引出的一段笑谈。出版社担心这一笔名可能不会引起读者的注意。她却答道,可以用一个引人注意的题目,因为"女"字总是引人注意的,集子便定名为《关于女人》。如此超前的剖析,即便到了二十世纪末,仍然一语中的、一针入穴。

她对我的《爱,是不能忘记的》一文的看法,也是慧眼独具:"……我也看了,也感到不是一篇爱情故事,而是一篇不能忘记的心中矛盾。是吗……"

又比如她对龚自珍的偏爱。龚自珍可以说是中国有肝胆、有血性的知识分子的统爱。一九二五年在美国读书时,她就选了两句龚诗寄回国内,托堂兄请人书录。

> 冰心女士集定庵句索书
> 世事沧桑心事定
> 胸中海岳梦中飞
>
> 　　　　　　　乙丑闰浴佛日　梁启超

至一九九九年,整整七十四年,这幅字一直挂在她的客厅里。

二十世纪这场大戏,她从头看到了尾,对这个世界的了解应该说是非常透彻。然而她坚守着一份原则,一辈子做人、作文都做得非常干净,是可以用"功德圆满"这四个很少人能称得起的字来概括的。

如我这样一个糟糕的人,永远达不到她那样的人格高度,但我毕竟知道世上还有那么一个高度,是我们应该仰视的高度。

早在一九八四年,我不得不应一家杂志社的邀请,写一篇关于她的文章。在那篇力不从心的文章里,关于她,我曾写过一句这样的话:"你能将大海装进一只瓶子里吗?"

时隔十五年,我仍然这样回答:我无能。

(果然不出所料,终于找到"娘"给我的、备受我珍爱的那封信。)

你不可改变她

相信每个人都有过种种未曾实现的"打算",尤其像我这种一会儿冒出一个主意的人,好听一点叫做白日梦、富于幻想等等。但像我这种只是打算打算的人,可能不多,大部分人都能致力于"打算"的实现。

多少年前,曾打算为韦君宜先生写一部传记,尽管这不是我的专长。也说服了她的女儿团团做我的"眼线",在可能的情况下,将君宜先生那些值得后世记取的事物记录下来……但被先生拒绝。也许她有自己的考虑,我不便勉强,而且她那时还能走动,甚至还可以动手写些什么。

待到她的脑血栓进一步恶化,我更不止一次地想起这个不曾实现的打算。

后来她的病情越发严重,甚至常年卧床不起,在几乎完全丧失自理能力的情况下,顽强地写出了《露沙的路》。与其说那是一部小说,不如说是一代人的反思。钦佩之余,禁不住为它的意犹未尽抱憾不已。

这当然不是作者的错。

时过境迁,我再不会生发为先生写一部传记的念头了,即便重新给我一次机会,也不会了。

就像自己曾经觉得欠了很多"债",偿还的念头,多年来让我耿耿于怀,如今也不了。

对于一个不惜以生命为代价的信仰的破灭,文字又有多少意义?!

团团在给我的一封信中曾经写道:"……我当努力延续她的生命,我懂,她不仅是我的母亲,也是一位非常非常值得尊敬的、人格高尚的人。"

再次大面积脑血栓后,君宜先生连喉结都瘫痪了,她不甘心地奋力发声、叫喊,可是团团只听清楚了两句:"一生事业就此完了!"和"活着为了什么?"

有这两句足够了,还用我来写什么传记!而谈人格,又是多么的奢侈。

不如将过去的日记,摘引几段。

一九八一年:

五月二十八日　星期四

看望韦君宜同志。

谈起《沉重的翅膀》,她说:"这是一部难得的、向前看的作品,但同时也看到现在和过去,不看现在和过去,是无法向前看的。

"有人曾怀疑你能否写这种题材,能不能发挥你的特点,而且工业题材过去有一个套数,看了使人头疼,没兴趣。

"然而你写的每个人物都是人,把高级干部写活了,写得很好。过去很少有人把高级干部当做人来写,不是写得很好,就是写得很坏。看出你着力写了郑子云,他有思想,有主张,但不是完人。"

十月三日　星期五

看望韦君宜同志。她说:"明年要评选长篇小说'茅盾文学奖',我推荐了《沉重的翅膀》和《将军吟》,不过挑你作品毛病的还有一些人。"

……

十一月一日　星期日

一早接韦家电话,说我昨天刚离开他们家,就有人查问韦对我说了什么。她说,现在从各个角度关心这个问题的人很多,我又在会上"点了火",成为注意的焦点,叮嘱我说话一定谨慎,小心被人揪住小辫子,对方也很关心。

一定要小心啊。

……

正是因为这一手术,为 S 抢到了十三年的时间。

我是一个疏懒的人,君宜同志为我做过的一切,并没有完全被我记载下来,仅就以上片段,人们便可对她的为人,有个大致的了解。

我并不认为这是她对我情有独钟,她不过认准"公正"是一个正常社会的应有标准,并为它的实现尽力而为。即便在大街上碰到一个素不相识、遭受不公正的人,她也会拔刀相助,不计回报。就我所知,这样八竿子打不着的事,就不止一次。当然,我(包括 S)是否值得她那理想光辉的照耀,可以留待以后讨论。

对于这样一个施大恩于我的人,我的良心却让狗吃了似的没有丝毫回报。

……

但她志不在此,我从没见过像她这样对论资排辈的"排行榜"如此淡漠的人,而且是一门心思、绝无半点做戏的成分。

让她不断生出烦恼的一切,与这些是太不着边儿了。我常无奈地笑着,不知问谁地问道:她是当今这个世界上的人吗?

这个操蛋的生活,充满多少陷阱和诱惑!它改变了多少人的人生轨迹,即便英雄豪杰也难逃它的捉弄。眼见得一个个活生生的人最后面目全非,和眼看着一个人渐渐地死亡、腐烂有什么区别?她却让这个操蛋的生活,遭遇了"你不可改变我"!

无缘见到许多活生生的革命者,对革命者的理解也只能套用书本上的概念,如果能经得住我这种一板一眼的教条主义的检验,那肯定是个无法注水或缩水的革命者。

大学时代喜欢过一个文字游戏——马克思和女儿的对话。

诸如你喜欢什么颜色、你最喜欢的歌曲等等,我大都忘记,只记住了一句:你最喜欢的格言?马克思回答说:怀疑一切。

这句话,大概道出了革命者的本质。君宜同志从未停止过疑问,从延安起而至现今,哪怕被这样撂倒在病床上。前面说到她即便喉结已经瘫痪,还在不甘地发问:"活着为了什么?"

春节期间去医院看望她,虽然她已不能说话、不能听,但尚可认字,我在纸上写了"张洁感谢你"。那不仅仅是对她的感谢,也是对一种精神——一种精神的坚持的感谢。

如今,对人、对事,她已没有多少反应,大多闭眼应对。但是看了我写的那几个字,她不停地眨着眼睛,喉咙里发出断续的音节,很久不能平静。

我想,她明白了我的意思。

黄昏时的记忆

什么是"老"？看看旧时的群体照，一边站着的人，一个个地没了，不但人走了，连记忆中的许多事也跟着一起走了，甚至"片甲不留"。渐渐地，照片上只剩下了自己，而这个自己也被自己忘得差不多了。

偶尔，昙花一现地闪过一个记忆，很莫名其妙的——因为那个记忆，未必是由于特别而被牢记，比如秦兆阳先生。

我和秦兆阳先生不熟悉，很不熟悉，他过世时，我不在国内，连一纸悼念的文章也没有做过。可是那天，眼前突然闪过他的影子，毫无缘由地，在他过世十五年后。

在我们一生中，与之打过交道的人有多少？到了垂垂老年，能进入你回忆的又有多少，即便你曾经为之寻死觅活的那些人和那些事。

去过他在五四大街附近的小四合院，不是因为文学，而是因为"人学"。我那时连走背字，四面楚歌，整治我的人无孔不入，连与世无争的秦兆阳先生也不放过,以为可以从他那里找到一些置我于死地的撒手锏。

事后他请我过去。什么事?也没有多说,只是提请我注意。我和他真是没有"交情",他也完全不必为一个名声不好、文路难卜、默默无闻的小辈操心。

那个幽暗的小院,就像沉默不语的秦兆阳先生,缺乏"表演"的嗜好,虽然只去过一次,比起日后见识过的豪宅,更让人难忘,因为它有一种与主人相得益彰的品位。

读过秦兆阳先生的文字。印象中,他的文字和学问很深,诗词很有功夫,让我心生倾慕。

不知他的背景,比如是否去过延安?后来才知道他去过。于是为自己的胡言乱语惭愧至深,比如:"写不出小说的所谓文人,只好去闹革命。"

如果想起秦兆阳先生,"沉默"是他留给我最深的印象。但他的沉默,不是因为无话可说,而是一种语言。

其实所有的"沉默"都是语言,有些是"噤若寒蝉",有些是"默认",有些是"老佛爷,您圣明"……

而秦兆阳先生的沉默,是"不同意"、是"反抗"。

也许我理解错了,如果我错了,那就恳请秦兆阳先生的在天之灵原谅,如我这样的叛逆者,很容易把他人的心思,按照自己的路子一并思考。

我记得您,先生。

第四辑　我的四季

我的四季

生命如四季。

春天,在这片土地上,我用细瘦的胳膊,扶紧锈钝的犁。深埋在泥土里的树根、石块,磕绊着我的犁头,消耗着我成倍的力气。我汗流浃背、四肢颤抖,恨不得躺倒在那要我开垦的泥土地上。可我知道我没有权利逃避,上天在给予我生命的同时,给予我的责任。

无须问为什么,也无须想有没有结果;不必感慨生命的艰辛,也不必自艾自怜命运的不济:为什么偏偏给了我这样一块不毛之地。只能咬紧牙关,闷着脑袋,拼却全身的力气,压到我的犁头上去,也不必期待有谁来代替,每个人都有一块必得由他自己耕种的土地。

我怀着希望播种,绝不比任何一个智者的希望谦卑。

每天,我凝望那撒下种子的土地,想象着发芽、生长、开花、结果,如同一个孕育着生命的母亲,期待着将要出生的婴儿。

干旱的夏日,我站在地头上,焦灼地望过南来的风吹来载雨的云。那是怎样的望眼欲穿?盼着盼着,有风吹过来了。但那风强劲了一些,把载雨的那片云吹过去了,吹到另一片土地上。我恨不得跳到天上,死死揪住那片云,求它给我一滴雨——那是怎样的痴心妄想?我终于明白,这妄想如同想要揪着自己的头发离开大地。于是不再妄想,而是上路去寻找泉水。

路上的艰辛不必细说,要说的是找到了水源,却发现没有带上容器。过于简单和容易发热的头脑,造成过多少本可避免的过失——那并非不能,让人痛心的正在这里:并非不能。

我顿足、我懊恼、我哭泣,恨不得把自己撕成碎片……有什么用?只得重新开始,这样浅显的经验,却需要比别人付出加倍的努力来记取。

我也曾眼睁睁地看着,在冰雹无情的摧残下,我那刚刚灌浆、远远没有长成的谷穗,如何在细弱的黍秆上挣扎,却无力挣脱生它、养它,又牢牢锁住它的土地,永远没有尝受过成熟的滋味,便夭折了。

我张开双臂,愿将全身的皮肉,碾成一张大幕,为我的青苗遮挡冰雹和狂风暴雨……但过分的善良,可能就是愚昧,厄运只能将弱者淘汰,即使我为它们挡过这次灾难,它们也会在另一次灾难里沉没,而强者却会留下,继续走完自己的人生。

秋天,我和别人一样收获,望着我那干瘪的谷粒,心里涌起又苦又甜的欢乐,并不因自己的谷粒比别人的干瘪而灰心丧气。我把它们捧在手里,贴近心窝,仿佛那是新诞生的一个我。

富有而善良的邻人,感叹我收获的微少,我却疯人一样地大笑,在这笑声里,我知道我已成熟。我已有了别一种量具,它不量谷物只量感受。我的邻人不知,和谷物同时收获的还有人生。

我已爱过、恨过、笑过、哭过、体味过、彻悟过……细想起来,便知晴日多于阴雨,收获多于劳作,只要认真地活过、无愧地付出过,谁也无权耻笑我是人不敷出的傻瓜,也不必用他的尺度,来衡量我值得或是不值得。

到了冬日,那生命的黄昏,难道就没有别的可做?只是隔着窗子,看飘落的雪花、落寞的田野,或点数枝丫上的寒鸦?

不,也许可以在炉子里加几块木柴,让屋子更加温暖,在那火炉旁,我将冷静地检点自己,为什么失败;做错过什么;是否还欠别人什么……但愿只是别人欠我。

我的船

时兴"思想改造小结"的年月,逢到挖掘我那冥顽不化、难以改造的阶级斗争观念不强,政治觉悟不高,自由散漫等等恶习,之所以产生的阶级根源、社会根源时,人们总是宽宏大量、无可奈何地说:"张洁的问题,主要是中十八十九世纪小说的毒害太深了。"

我却暗自庆幸,要是我身上还有那么一点人性,要是我没做什么投机取巧、伤天害理、卖友求荣的事——这是我多少引以自豪的——和那些文学的陶冶是分不开的。

正是文学把我的某些理念唤醒,它们也许不那么科学、不那么完美,我甚至为此碰得头破血流,但我并不追悔。人在热爱某物或某人时,往往不那么客观、不那么理智,他总得为他的所爱,付出些什么、牺牲些什么——假如这也算牺牲的话。

我欣喜它们把我造就成一个有缺陷的、然而具有体会一切直觉的人,不然我今天就写不出一行文字。记得托尔斯泰对他的弟弟说过:"你具备作为一个作家的全部优点,然而你缺少作为一个作家所必须具备的缺点,那就是偏激。"

而车尔尼雪夫斯基说:"艺术作品任何时候都不及现实美或伟大。"

我以为他的立论过于偏颇,上帝按照自己的形象创造亚当,作家按照自己的灵魂塑造人物。人在艺术形象里,还可以看到创作的美。

艺术家是通过自己的音乐、文学、绘画、表演和世界进行对话的,我不知道自己是赞赏还是怀疑这种固执:他们为什么要用这种痛苦的形式,把自己的心掏出来,在磨盘里磨,把自己的胆汁吐出来,蘸着去写呢?

文学对我,从不是一种消愁解闷的爱好,而是对种种尚未实现的理想的苛求:愿生活更加像人们向往的那个样子。

为什么它就不能?!

除了文学,没有一样事情可以长久地吸引我的兴趣。我曾以为我是一个毫无生活目的、不能执着追求、蜻蜓一样飞来飞去的人,但是在文学里,我发现了自己。花了近四十年的光阴,太晚了一点,因此我格外珍惜。不论成功或失败,却是那样锲而不舍、那样不顾一切、那样一往情深……不知他人如何,我却常常感慨,一个人能找到自己,是多么的不易。有时人活一世,也不一定知道自己是怎么回事,更不要说找到自己。

想不到我那并不高明的小说,却引起个别人的怀疑,或是说某篇小说就是张洁自身的经历,还有人自告奋勇佐证:某年、某月、某日,某人、某事……真像那么回事。

或有人对某篇小说对号入座,入座之后,不那么舒畅之后,便把我告上掌有生死簿的权力机构,然后就沉醉在从自己过长的舌头喷射出的唾液所映射出的彩虹中,以为那点唾液便是足以淹死我的汪洋大海。

文学的真实性和生活的真实性,是两个完全不同的概念,这是最普通的常识,难道仅仅是因为愚昧,才有人非要把它们混为一谈吗?不,它是一种武器。

福楼拜因写《包法利夫人》而诉讼法庭十多年之久;

徐骏因写"清风不识字,何必乱翻书"被迫害致死;

……

还有因那不好说出口的原因而贬低你的——你反复写的不就是自己那点破事!

可我也没见着你写了什么超出自身经验的惊人之作,是不是?

承认别人一个"好",或在文学这条大路上也允许别人有个插足之地,对你难道就是那么痛苦的一件事?

如果我像你一样,心怀什么目的,说说你的创作照样有许多上不了台面之作,可是你很幸运,新老关系任你使用,不必像很多作家那样苦苦奋斗。而我还是喜欢你待在文坛教父或文坛教母的位置上,我虽不是教徒,但我崇尚与人为善的品德。

…………

在即将发表的长篇小说《沉重的翅膀》里,我这样写道:"真正使人感到疲惫不堪的,不一定是将要越过的高山大河,却是始于足下的这些琐事:你的鞋子夹脚。"

上个月回家的路上,心绞痛发作,眼瞅离家不远,我却走不到头了。只好蹲在一棵树下,吃下一片硝酸甘油,顶着一头头冷汗,淋着一阵阵急雨,看急骤的雨点扑打着水洼里的积水,不知怎么想起自己艰辛的、做过好事也做过错事的一生……

我喜欢船。

难道我的船已经搁浅,只能在深夜、在海的远处,倾听海的呼唤了?而当初,也曾有过怎样不肯向命运低头的精神。

竟是这样的容易?

如果这样,我就不是我了。

于是我来到海边。畅怀地大笑,绕口令似的耍贫嘴,拼命地游泳,像一只船那样在海上任意地飘浮——不被控制、听任浮力的托举,是多么惬意的一种解脱。

我把大海拥进怀抱,让海浪一次又一次拍击我那孱弱的心脏。

太阳底下,我的皮肤铜似的闪光。

镜子里,我有了一张印第安人的面孔。我咧开嘴巴,一排白牙在闪烁,健康好像重又回来,我又有了力气。

我再次修补了我的船,该补的地方补好,该上漆的地方上漆,该加固的地方加固……对不起了,它肯定还能用上一些日子。

嗨,我又起锚了。岸、岸上的人、狗、鸡、房屋、树木……万般景物变得越来越小,它们全让我感到留恋,可是我的船却不能留在岸上,没有海,船又有什么用呢?

我看见,远远地,海浪迎过来了。滚滚地,不断地。我知道,最终,我会被海浪撞得粉碎,但这是每一条船的归宿,它不在这里又在哪里结束?

这时候, 你才算长大

到了后来, 你总是要生病的。

不光头疼, 浑身骨头都疼, 翻过来、掉过去怎么躺都不舒服, 连满嘴的牙根儿也跟着一起疼。

舌苔白厚、不思茶饭; 高烧得天昏地暗、眼冒金星; 满嘴燎泡、浑身没劲儿……你甚至觉得, 这样活着还不如死去好。

这时, 你首先想起的是母亲。想起小时候生病, 母亲的手掌, 一下下摩挲着你滚烫的额头的光景。你浑身的不适、一切的病痛, 似乎都顺着她一下下的摩挲排走了。

好像你那时不论生什么大病, 也不像现在这样难熬, 因为有母亲替你扛着病痛。不管你的病后来是怎么好的, 你最后记住的, 都是日日夜夜守护着你的母亲, 和母亲那双生着老茧、在你额上一下下摩挲的手。

你也不由得想起母亲给你做的那碗热汤面。当你长大以后, 有了出息,山珍海味成了餐桌上的家常,便很少再想起那碗热汤面。可是等到你重病在身,而又茕茕孑立、形影相吊的时候,你觉得母亲亲自擀的那碗不过放了一把菠菜、一把黄豆芽,打了一个蛋花的热汤面,才是你这辈子吃过的最美的美味。

于是你不觉地向上仰起额头,似乎母亲的手掌,即刻会像小时候那样,摩挲过你的额头;你费劲地往干疼的、急需沁润的喉咙里,咽下一口难成气候的唾液……此时此刻,你最想吃的,可不就是母亲做的那碗热汤面?

可是母亲已经不在了。

你转而思念情人,盼望此时此刻他能将你搂在怀里,让他的温存和爱抚,将你的病痛消解。

他曾如此地爱你,当你什么也不缺、什么也不需要的时候。指天画地、海誓山盟、柔情蜜意、难舍难分,要星星不给你摘月亮,可你真是病到再也无法为他制造欢爱的时候,不要说是摘星星或是摘月亮,即便设法为你换换口味也不曾。

你当然舍不得让他为你洗手做羹汤,可他爱了你半天,总该记得一个你特别爱吃、价钱又不贵的小菜,在满大街的饭馆里,叫一个外卖似乎也不难,可是你的期盼落了空。不要说一个小菜,就是为你烧一壶白开水,也如《天方夜谭》里的"芝麻开门"。

你退求其次再其次:什么都不说了,打个电话安慰安慰也行。电话机或手机就在他的手边,真正的举手之劳,可连这个电话也没有。当初每天一个乃至几个、一打就是一个小时不止的电话,可不就是一场梦。

....

最后你明白了,你其实没人可以指望。你一旦明白这一点,反倒不再流泪,而是豁达一笑。于是你不再空想母亲的热汤面,也不再期待情人的怀抱,并且死心塌地地关闭了电话。

你神闲气定地望着太阳投在被罩上的影子,从东往西地渐渐移动,在太阳的影子里,独自、慢慢消融着这份病痛。

你最终能够挣扎起来,摇摇晃晃地走到自来水龙头下接杯凉水,喝得咕咚咕咚,如在五星级饭店喝矿泉水。你惊奇地注视着这杯凉水,发现它一样可以解渴。

饿急了眼,还会在冰箱里搜出一块干面包,没有果酱也没有黄油,照样堂堂皇皇地把它硬吃下去。

在吃过这样一块面包,喝过这样一杯水后,你大概不会再沉湎于浮华,即便有时你还得沉浮其中,也只不过是难免而清醒的酬酢。

自此以后,你再不怕面对自己上街、自己下馆子、自己乐、自己哭、自己应对天塌地陷……你会感到,"天马行空,独往独来。"可能比和一个什么人搋在一起更好。

这时候你才算真正地长大,虽然这一年,你可能已经七十岁了。

我为什么失去了你

十八岁的时候仇恨自己的脸蛋,为什么像奥尔珈①那样红得像个村妇,而不能拥有丹吉亚娜的苍白和忧郁!不理解上两个世纪的英国女人,在异性到来之前为什么捏自己的脸蛋,使之现出些许的颜色。而现在对着自己阴沉而不是忧郁、不仅苍白而且涩青的脸色想,是否肝功能不正常;

十八岁的时候为买不起流行穿戴而烦恼,认为男人对我没有兴趣是因为我的不"流行",而今却视"流行"为不入流之大忌,唯恐躲之不及地躲避着"流行";

十八岁的时候为穷困窘迫、害臊。如今常在晚上八点以后,穿着最

---

① 普希金小说《欧根·奥涅金》中的人物。

上不得台面的衣服,去五星级的国贸大饭店,买打折的面包。那里有特别的师傅、特别的面粉、特别的做法、特别的香料。为求品质上乘、口味新鲜,二十点过后就半价销售,第二天上的货,绝对是刚从烤炉里出来的。一天晚上早到三十分钟,毫不尴尬地对售货小姐凯瑟琳说:"先放在这儿,等我到下面超市买些东西,回来就是八点了。"我们现在成了老交情,她远远看见我,就对我发出明媚的微笑;

十八岁的时候,喜欢每一个party,更希望自己是注意的中心。现在见了party尽量躲,更怕谁在"惦记"我;

十八岁的时候豪情满怀、义不容辞的为朋友两肋插刀。现在知道回问自己一句:人家拿你当过朋友吗?而后哑然一笑;

十八岁的时候为第一根白发惊慌失措,想到有一天会死去而害怕得睡不着觉。现在感谢满头白发替我说尽不能尽说的心情,想到死亡来临的那一天,就像想到一位可以信赖却姗姗来迟的朋友;

十八岁的时候铁锭吃下去都能消化,面对花花世界却囊中羞涩。现在却如华老栓那样,时不时按按口袋"硬硬的还在",眼瞅着花花世界却享受不动了,哪怕一只烧饼也得细嚼慢咽,稍有闪失就得满世界找三九胃泰;

十八岁的时候喜欢背诵普希金的诗句:"假如生活欺骗了你,不要忧伤,不要心急,阴暗的日子总会过去……"现在只要有人张嘴刚发出一声"啊——"就浑身发冷、起鸡皮疙瘩,除了为朋友捧场,从不去听诗歌朗诵会;

十八岁的时候渴望爱情,愿意爱人也愿意被人爱。现在知道"世上只有妈妈好",如果能够重活一遍,是不是会做周末情人不好说(如果合适的情人那么好找,也就不只"世上只有妈妈好"),但肯定会买个精子做单身妈妈;

十八岁的时候相信的事情很多。现在相信的事情已经屈指可数;

十八岁的时候非常怕鬼。现在知道鬼是没有的,就像没有钱,面包也不会有的一样千真万确;

十八岁的时候就怕看人家的白眼,讨好他人更是一份"生命中不能承受之轻"。现在你以为你是谁?鄙人就是这个样儿,你的眼睛是黑是白,跟我有什么关系?善待某人仅仅因为那个人的可爱,而不是因为那个人对我有什么用;

十八岁的时候"君子一言,驷马难追"那样腐朽地对待每个许诺、每个约定,为说话不算数、出尔反尔的人之常情而伤心、苦恼、气愤、失眠、百思不得其解,宁可人负我,不可我负人地等到不能再等的时候……现在,轻蔑地笑笑,还你一个"看不起",下次不再跟你玩了行不行;

十八岁的时候明知被人盘剥你的青春、你的心智、你的肉体、你的钱财……却不好意思说"不",也就怪不得被人盘剥之后,又一脚踹入阴沟。而成名之后,连被你下岗的保姆都会对外宣称,她是你的妹妹、侄女、外甥女……更因为可以说出你不喜欢炒青菜里放酱油而证据确凿。有些男人,甚至像阿Q那样声称:"当初我还睡过她呢。"跟着也就不费吹灰之力,一夜蹿红。

对名人死后如雨后春笋般的文章《我与名人……》,从来不甚恭敬。甚至对朋友说,我死之前应该开列一份清单,有过几个丈夫、几个情人、几个私生子、几个兄弟姐妹、几个朋友……特别是几个朋友,省得我死了以后再冒出什么什么,拿我再赚点什么什么。朋友说,那也没用,人家该怎么赚还怎么赚,反正死无对证了。可也是,即便活着时,人家要是黑上了你,你又能对证什么。

十八岁的时候想象回光返照之时,身旁会簇拥着难舍难割的亲友。现在留下的遗嘱是不发丧、不遗体告别、不开追悼会……如有可能,顶好像只老猫那样,知道结尾将近,马上离家出走,找个人不知鬼不觉的地方,独自享用最后的安宁。老猫对我说,它之所以这样做,是因为有句话得留到那个时候自己说:"再也没有人可以打搅我了。"

…………

一个人竟有那许多说不完的、十八岁的不了情……

没有一种颜色可以涂上时间的画板

一直在路上狂奔,两眼狠盯前方,很少挤出时间回头。

《无字》完成之后,好像到了一个较大的驿站。这里总有一点儿清水可以解渴,有个火炉可以取暖,有块地界可以倒下歇脚或是打个盹儿也无妨。

在疲于奔命和短暂的停歇中,漫长的生命之旅就这样一站、一站地丈量过去,今次猛然抬头,终点已然遥遥在望,更加一路跌撞过来,心中难免五味杂陈。

可人,总有开始了断的一天。

有计划地将书柜里的东西一点点取出,一天天地,最后自会取出所有。

一堆又一堆曾为之心心念念的文字,有些竟如此陌生,想不到要在回忆中费力地搜索;有些却如不意中撞击了尘封于暗处的琴弦,猛然间响起一个似是而非、不成调的音符……

突然翻到一九八三年女儿唐棣翻译、发表的几首诗,不过二十年时间,那些剪报已经发黄、一碰就碎,还不如我经得起折腾。

其中有墨西哥作家、诗人马努埃尔的一首诗,他在《那时候》这首诗中写道:

> 我愿在黄昏的夕照中死去,
> 在无垠的大海上,仰面向着苍穹。
> 那里,离别前的挣扎将像一缕清梦,
> 我的精魂也会化作一只极乐鸟不断升腾。
> ……
>
> 我愿在年轻时死去,
> 在可恶的时光毁掉那生命的美丽花环之前,
> 当生活还在对你说:
> "我是属于你的。"
> 虽然我深知,它常将我背叛。

如此动我心扉——却并非因为它隐喻了我的什么心绪。

诗好归诗好,但以何种方式或在何时离去,并不能取决于自己,这种事情往往让人措手不及。

清理旧物,只是因为喜欢有计划的生活——真没有白在人民大学计划统计系混了四年。

也算比较明智,知道这些东西日后不能留给他人收拾。

从来没有认为自己具有那样的价值,能够成为文学人的研究对象,这些东西只对我个人有意义。而文学的未来也未必灿烂,这种手艺与剃头挑子、吹糖人等等手艺一样,即将灭绝。

照片早就一批批地销毁。因为销毁一批,还会有新的一批来到。

人在江湖,难免轮到"上场"的时刻,一旦不可避免地"上场",大半会有好心人拍照,以便留住值得纪念的瞬间。

相对"时间"而言,又有什么瞬间值得永久纪念?

何况到了某个时刻,拍照人说不定也会像我一样,将旧物一一清理。

不要以为有人会将你的照片存之永久,除非你是维多利亚女王或秦始皇那类历史教科书上不得不留一笔的人物。

顶多你的第三代还会知道你是谁,到了第四代,就会有人发出疑问:这个怪模怪样的人是谁?

这就是我越来越不喜欢拍照的原因,因为之后还得把它销毁。

信件和书籍却拖延到现在,毕竟有些不舍。

尤其信件,销毁之前,总得再看一看,也算是个告别,或是重归故里,更像是在"读史"。

如果没有如此浓缩的阅读,世事变化也许不致如此触目惊心,但不易丢舍的过往,也就在这击一猛掌的"读史"中,一一交割。

许多书籍,自买来后就没有读过。比如《追忆似水年华》,比如《莎士比亚全集》。更不要说那些如果不备,就显得不像文化人的书籍。比如我并不喜欢的《三国演义》《水浒传》《西游记》……这些祖国的伟大文化遗产，没有一部不皇皇地立在我的书架上。又比如大观园的群芳排行榜，让我心仪的反倒是那自然天成的史湘云，而不是人见人爱、人怜的林黛玉；作为文学人物，我喜爱沙威胜过冉·阿让[1]……我曾将此一一隐讳，不愿人们知道，我的趣味与公众的趣味如此大相径庭……

可谁生下来就那样成熟，不曾误入追随时尚的歧路？更不要说，时尚常常打着品位高尚的旗帜？

如今，我已经没有装扮生活的虚荣或欲望，一心一意想要做回自己。人生苦短，为他人的标价而活真不上算，何况自己的标价也不见得逊色。

又怎样渴望过一间书房。有多少缘由，是为了阅读的享受？有多少时刻，坐在书房里心静如止地读过？

而有些书，又读不得了。因为再没有少年时读它的感动、仰慕……

这些书，我将一一整理，分别送给需要它们的人。只留下工具书、朋友的赠书和我真正喜爱的几本，够了，够了。

如此，我还需要一间书房吗？

其实有些书的书魂，已经与我融为一体，即便它们不留在身边的一间屋子里，也会铭记我心，与我同在同去。

---

[1] 法国小说《悲惨世界》里的主要人物。

……………

不过我累了，这些事，只能在写作之余渐渐做起来。

时间还来得及。